COLLECTION FOLIO

Georges Navel

Travaux

Gallimard

© *Éditions Gallimard, 1995.*

Préface

J'écrivais, il y a deux ans : « J'ai un nouvel ami. C'est très rare à mon âge. Mes amis, il y a beau temps que j'en croyais la liste close. Et me voilà ravivé par cette grâce inattendue, ce don du ciel. Mon ami vient à point. J'allais douter des hommes. »

Je venais en effet de connaître Navel. Il s'était depuis peu fixé dans le pays. Il arrachait pour vivre aux pentes sauvages des Maures des souches de bruyère qu'il vendait aux gens de la côte pour leurs feux. Il était arrivé chez moi tirant son charreton chargé. Puis il y était revenu pour quelque abattage de bois mort et quelque remuement de terre. Ainsi il y avait un homme qui travaillait dans mon jardin. C'était un homme de près de quarante ans déjà, mais qui avait gardé un corps et des allures de garçon, grand, souple, musclé, les mains longues, avec je ne sais quoi de fauve, d'étiré, de puissant, de fin, d'efficace et, tout ensemble, d'animal et de racé.

Je vis seul. Je lui proposai de rapprocher nos déjeuners. La disette était sévère dans le Var. Nous déposâmes sur ma table de jardin lui le contenu de sa musette de journalier, un quignon mesuré de pain, trois pommes de terre, un oignon, et moi pas grand-chose de plus. Nous nous assîmes face à face. Je lui posai des questions auxquelles il répondit d'abord avec réserve, et peu à peu avec plaisir et complaisance, et ce qu'il commença de me dire ce jour-là, qu'il a continué de me dire par la suite, cette confidence qui ne s'est pas interrompue, ce compte rendu clair et nourri de ses travaux et de ses jours, ce temps perdu qu'il se complaît si gentiment à rechercher pour me l'offrir, que je l'aide de tout mon cœur à retrouver, qu'il m'apporte avec lui quand il entre chez moi où il est toujours attendu, qu'il me dépêche quand nous ne pouvons pas nous voir dans de longues lettres vivantes, résonne en moi et s'y prolonge comme un chant.

C'est que ces choses de son métier, de ses métiers, car il en a un et plusieurs, Navel les vit et les éprouve avec une intensité grande et les exprime avec un surprenant bonheur. C'est que Navel est un poète. La poésie est un champ vierge illimité, où serpente une piste étroite. Le poète est ce prospecteur aventureux qui quitte la piste et va tout seul, et s'avance, et découvre Dieu là où nul encore avant lui ne s'était avisé qu'il fût. Ainsi, Navel entend un chant là où il paraissait que toute musique fût morte, ressuscite la fierté et même l'ivresse d'être homme là où tout semblait inhumain, dans le fracas assourdissant, dans la trépidation, dans le halètement, dans cette forcerie d'un atelier d'usine.

Il a d'abord été longtemps ouvrier d'usine, en effet. Ce défricheur du bled, cet arracheur de souches, ce coupeur de lavande, ce terrassier, cet apiculteur, que tour à tour ont fait de lui le temps, sa fantaisie, l'occasion, l'aventure, a été ajusteur chez Renault, chez Berliet, chez Citroën. C'est le désordre de la guerre et ce grand remuement des choses et des gens qui l'ont décidément pris un jour à Paris et poussé vers les champs, le soleil et la mer qui déjà l'avaient attiré.

Ce qu'il me dit, et ce sont choses qu'il ne me semble pas qu'avant lui on ait dites, c'est l'effort ouvrier, le plaisir de cette *maîtrise des mains faite d'un long acquis et de patients sacrifices, de cette adaptation du corps, de cette ruse du corps en prise avec la matière difficile « qui n'obéit qu'à certaines mains », le plaisir d'exercer certaines facultés qu'on n'aurait pas attendues là, « qui tiennent de la science du boxeur et de l'intuition de l'artiste ». Navel s'étonne et s'enchante de ce que des gestes en apparence routiniers peuvent engager d'intelligence et par là dégager de joie. Il dit qu'il sent, quand il travaille, que son intelligence lui descend dans les mains. Il dit : « Quand je travaille, mes mains, les mains, me semblent merveilleuses. »*

Sans doute, il ne nie pas qu'il y ait l'autre pôle, de fatigue, d'ennui, de souffrance même parfois. Il sait mieux que personne, et pour cause, ce que l'usine prend à l'homme et de quelle fraîcheur intime elle le dépouille : « Il y a une tristesse ouvrière, écrit-il, dont on ne guérit que par la participation politique », petite phrase qui en dit long et jette une étrange clarté sur les secousses de notre temps. Mais il dit qu'il y a aussi la joie, l'allégresse ouvrières. L'habileté dans le métier confère à l'homme une façon de seigneurie. On est content de soi partout, quand on fait une chose, quelle qu'elle soit, aussi bien que le plus habile. Dans ses bleus, devant son étau, quand il ajuste une série de coussinets au centième de millimètre, ou quand il met une bielle exactement au point, il connaît, aussi bien qu'aux champs, « cet état de présence aiguë, de tension, d'attention, de tête-à-tête avec le Tout, qui lui mêle l'esprit au sang et le contente ».

Il a fui l'usine pourtant, mais moins par lassitude que par curiosité des autres attitudes physiques, des diverses façons qu'ont inventées les hommes de toucher la matière du monde, de s'éprouver à son contact, d'en réduire l'hostilité. Il est le coureur jamais las des aventures du travail. Il parle avec la même ferveur de ses nouveaux métiers d'emprunt et d'occasion que de ce métier d'ajusteur qui est son vrai métier, celui qui l'a formé. Sans doute aux champs, à la forêt, il se sent encore apprenti. Il faut du temps, beaucoup de temps, pour faire un bûcheron, un faucheur, même pour faire un terrassier. Il y a une technique de la cueillette des pêches. Il y en a même une de la cueillette des cerises... Mais on sent mieux ce qu'on apprend que ce qu'on sait, ce qu'on s'exerce encore à faire que ce qu'on fait depuis longtemps et qu'on fait bien sans y penser.

Souvent Navel s'arrête chez moi, le soir, sa journée terminée. Il monte à travers mes pins roux dans la lumière ambrée du soleil descendu. L'excitation de la fatigue lui a fait des traits plus mobiles, des yeux plus vifs. Il pose ses regards sur moi ou les promène autour de soi, mais il ne voit que l'invisible. Ses narines élargies aspirent je ne sais quelles senteurs, quels souffles régénérateurs, quels effluves sylvestres, marins. Son visage, ses bras, son cou nus se tendent à de secrets et nourrissants échanges. Il touche au ciel. Il touche au sol. Il touche aux lignes des collines. Ses mains, au repos à présent, savantes, expérimentées, laissent couler entre ses doigts je ne sais quoi de pris au ciel, à l'horizon, au paysage, la matière, on dirait, du soir. Il me raconte sa rude journée de pelle, de pioche, ou de faulx. Je le regarde. Je l'écoute. Chez Navel l'esprit et le corps ne semblent pas différenciés. Sa pensée, en prise directe avec le monde extérieur, est intimement accordée au souple jeu de ses jarrets, de ses poignets et de ses reins. « Il faut penser avec le cœur », répétait souvent Hofmannsthal. « Il faut penser avec le corps », a l'air de corriger Navel.

Il m'explique la chose de faucher. Il dit d'abord comme il s'applique à affûter sa faulx, à lui donner sa qualité de lame de rasoir à faucher : « Je fais de rapides progrès. Ce n'est plus ce passage timide de la pierre sur le tranchant. Il y a maintenant contact de ma main avec la pierre, et de la pierre sur le fil, et la sensation dans ma main de la pierre qui travaille, qui agit sur le fil. » Il dit comme à présent il avance dans le pré, attentif, absorbé par le jeu de ses mains, la recherche de ses appuis : « *A présent, plus besoin de forcer sur la faulx. Je la laisse à son poids, en confiance avec elle, me contentant de lui donner le mouvement mi-circulaire, corrigeant peu à peu la faulx et le faucheur... J'avance, tiré par ma faulx, tout yeux, tout oreilles, tout nerfs, ainsi qu'un chasseur à l'affût..., ma sensibilité prolongée dans l'outil, comme si mes nerfs passaient à présent dans ma lame, allaient jusqu'au bout de la lame... »* Sa voix est plus grave et plus chaude.

J'ai dit qu'il m'écrivait aussi. Nos logis sont maintenant assez éloignés l'un de l'autre pour que nous ne puissions nous voir qu'à grands intervalles de temps. Ses lettres m'arrivent du Haut-Var, d'un petit bourg enfoui dans un maquis de thym et de lavande, où il a installé des ruchers. C'est un ami apiculteur que j'ai maintenant. Multiplication des abeilles et enruchement des essaims. Travail paisible, celui-là, « *qui donne le plaisir des pêcheurs, le plaisir de voir couler l'eau, une sorte de calme absorbé. Les abeilles rentrent dans leur ruche. On les surveille. C'est de la valeur qui s'engrange. Pendant qu'on les regarde, on est à la surface de soi-même, reposé. Deux hommes qui regardent rentrer dans sa ruche un essaim capturé se sentent copains comme des hommes qui ne sont ni de France ni de Chine, mais pêcheurs à la ligne au bord d'une rivière vaguement dans le temps, avant ou après Jésus-Christ. »* Il note aussi le temps qu'il faisait ce jour-là dans le Haut-Var : « *Il vente dur. Si le temps était favorable aux abeilles, nous aimerions le vent.* »

Ces choses que m'écrit Navel ou qu'il me dit de sa voix

scrupuleuse, haletante, passionnée à traduire avec exactitude les images de sa pensée, à ne pas se laisser porter par la facilité des mots, qui hésite, qui se reprend, qu'encore ses mains d'ajusteur corrigent dans l'air à mesure et achèvent de mettre au point avant que de me les offrir, ces choses m'ont paru très précieuses. J'ai souhaité qu'il en fît un livre. Il m'a semblé que dans un temps où les cloisons sociales craquent et se disloquent, la poésie bourgeoise, sur laquelle nous vivons, que je suis loin de renier, à laquelle j'ai été et reste très sensible, était tout de même fatiguée, et tout de même insuffisante, et que ce poète ouvrier qui à la passion du « jouir » substitue la passion du « faire », arrivait opportunément. « Ne me parlez pas des plaisirs, parlez-moi des activités », me disait au cours de cette guerre une jeune femme volontairement et joyeusement évadée d'une vie jusqu'alors trop facile.

Navel d'abord se récusa. Le lecteur, ce semblable inconnu, l'effrayait. Il l'aimait d'avance un peu trop : « Il y a chez le lecteur une fringale de vrai, une générosité de l'attention que je ne voudrais pas décevoir. » Les notes de cahiers qu'il a longtemps portées dans son rucksack de saisonnier, qui, dans ses chambres d'aventure, voisinèrent avec son casse-croûte, sa savonnette et son tabac, lui suffisaient parfaitement. Je l'assurai que, loin de décevoir personne, il se ferait beaucoup d'amis. Mais ce n'était pas le tenter que lui prédire un grand succès.

Il s'est laissé convaincre. Il a écrit Travaux *aux soirs de ses journées d'abeilles. Ce n'est pas un métier de plus : écrire n'est pas un métier. Il travaillait sans impatience : un poète n'est pas pressé. Il regardait l'essaim des mots petit à petit s'enrucher, ses pages peu à peu s'emplir et se noircir, plaisir sans* doute encore pour lui d'homme qui pêche et qui regarde couler l'eau, une sorte de calme absorbé...

Un jour, il m'a écrit : « J'ai terminé mon livre. Cela me dépasse un peu d'y être arrivé. Je crois que l'essentiel est dit, que je peux casser l'encrier. Pourquoi devenir écrivain ? J'ai d'autres tâches qui m'attendent, me préparer pour la saison. » Je le laisse dire. Il a besoin, je le sens bien, d'activités physiques pratiques. Il ne vivrait pas bien sans un contact direct avec les objets et les bêtes, sans attaches avec le sol. Qu'il veille donc sur son couvain, qu'il se penche en paix sur sa bêche et se détourne pour un temps des angoisses de l'écrivain. Il les retrouvera quand seront revenues les longues veillées, le temps du sommeil de la terre, car il ne s'est pas mis tout entier dans Travaux et je sais, moi, qu'il a beaucoup à dire encore. Il n'est, pour en être assuré, que de l'écouter, pour peu qu'on l'en presse, développer ses thèmes majeurs qui sont d'abord cette découverte qu'il a faite de la valeur de l'attention. L'habitude nous abêtit et nous endort. Nous finissons par ne plus percevoir du monde que ses envers et que ses ombres. Il nous faut réapprendre à aimer l'eau, le feu, à toucher la bête, le fruit, à regarder monter et descendre le jour avec des sens de prisonnier libéré, d'enfant en vacances, des yeux de commencement du monde. « La vie, dit-il encore, ne vaut d'être vécue que dans la mesure où on s'en émerveille. »

Et il n'a pas non plus achevé de nous dire son étonnement devant l'indifférence de l'homme pour l'homme, sa tristesse devant ce tenace appétit d'agression dont vingt siècles de christianisme n'ont pas réussi à le guérir, son regret du monde maternel, cette nostalgie qui se traduit de loin en loin par de timides essais de sympathie ratés : « Donne-moi du feu, mon petit pote ! », qui ne vont guère plus loin qu'une nuance de pitié *dans le sourire en se quittant, d'encouragement à la patience. Amour? Le mot a trop servi, trop porté les rêves des hommes. Ce n'est plus qu'un mot creux, faussement prometteur, un peu écœurant à la fin. Mais peut-être que* bienveillance...

Navel est bienveillant pour l'homme et pour les choses. Il leur parle d'une voix claire, avec des mots sensibles, frais, lavés et rajeunis par cette lumière du cœur. L'homme moderne est en danger, perdu dans la coulée des masses. Il me semble que cette voix aura des effets bienfaisants. La raison de l'art n'est-elle pas d'aller chercher au fond de la foule infinie l'inconnu qui s'y croyait seul et de le replacer dans le circuit commun pour qu'il reparticipe au rythme universel?

Je présente Georges Navel, ouvrier des villes et des champs, écrivain, poète français.

Paul Géraldy.

I

Maidières

Ma mère m'a eu à quarante-sept ans. Je l'ai toujours connue comme une mère, comme une femme dont la beauté ne compte pas, mais seulement la bonté, la chaleur, la main à tartines. J'étais son treizième. Je l'ai toujours vue comme si elle avait eu soixante ans, comme toutes les vieilles femmes du village, les mères vertes et actives, sans jamais la confondre avec les grand-mères édentées, grondeuses, assises tout le long du jour avec leurs mains noueuses sur les genoux.

Dans le village on ne disait jamais d'une femme qui avait des enfants « madame » mais « la mère ». Toutes les mères se ressemblaient. C'étaient des femmes à rides et à larmes. Leurs mains tannées sentaient l'ail. La mienne avait beaucoup pleuré, elle avait des lacs de larmes derrière ses lunettes, mais le reste du visage, du front à la bouche, continuait de sourire, la voix aussi.

Les mères laissaient toujours couler quelques larmes qu'elles essuyaient avec un grand mouchoir à carreaux quand elles se rencontraient, une posant sa brouette, l'autre son panier, à la croisée d'un chemin de vignes et de la route montant vers les bois.

Elles vivaient toutes dans le regret des enfants morts. Ma mère en avait cinq à pleurer, des grands et des petits que je n'avais pas connus.

Nous n'allions pas aux champs, moi manger les groseilles, elle ramer les haricots, sans rencontrer quelques femmes du village. Les propos chantants et enjoués sur le plaisir d'être dehors par une belle journée amenaient peu après le lamento sur la maladie et les morts. Ma mère, après avoir pleuré, essuyait ses lunettes du coin de son tablier ou de son mouchoir et je voyais mieux ses deux pauvres yeux.

Je ne sais pas comment elle trouvait le temps de tenir son ménage, de préparer les repas. Elle était si souvent aux bois et aux champs, ou à faire sa lessive ou celle des autres en journée.

Je l'ai toujours vue tranquille. Jamais elle ne semblait se hâter. Sa besogne ne l'empêchait pas d'avoir de longues conversations avec les voisines pendant que, pris d'impatience, je lui mordillais les mains et les avant-bras juste à ma hauteur.

Je la voyais pétrir la pâte et cuire le pain de la semaine dans le four commun de la maison, mettre en bouteilles les mirabelles, les pois, les haricots verts, les conserves pour les provisions d'hiver

La maison était tenue propre, le parquet de bois souvent lavé. C'était la règle dans toutes les maisons du village dont la netteté était le luxe. Elles n'avaient ni fauteuils, ni armoires à glace, ni beau carrelage, ni parquet ciré, ces maisons.

Chez nous tout le linge de la famille tenait par piles et en ordre dans un grand bahut, au-dessus duquel s'alignaient des pots de confiture. De bonne heure tous les lits étaient faits.

Mes trois grandes sœurs ne pouvaient aider ma mère que le dimanche. C'étaient trois filles déjà bonnes à marier; en semaine elles partaient pour prendre le train de Pagny-sur-Moselle, elles travaillaient à la fabrique et rentraient tard le soir. Le dimanche, en chantant les romances de l'époque, à chignon haut, elles repassaient, cousaient, pliaient à deux les grands draps. L'aînée faisait la toilette des deux petits, ma sœur cadette et moi, nous habillait de costumes que les trois grandes se cotisaient pour acheter. Les oreilles bien frottées, les yeux brûlés de savon, ma petite sœur et moi nous partions à la messe.

Nous n'étions pas seuls à habiter la maison. Nos fenêtres donnaient sur la rue. Celles de l'appartement des Reny, nos voisins de palier, s'ouvraient sur le petit enclos du jardin. Le père Reny ne sortait guère, il restait à tousser au coin du feu, fumant la pipe, devant un journal qu'il relisait du matin au soir. Il portait une longue barbe blanche. C'était un ancien combattant de la guerre de 1870. Depuis le siège de Metz, où il avait « pris la crève », il toussait.

J'entrais rarement chez eux. La mère Reny était une femme encore alerte, elle se donnait moins de peine que ma mère. Ses deux grands enfants travaillaient dans les bureaux de l'usine de Pont-à-Mousson. En entrant, j'apercevais le père Reny, sa pipe, son journal, la machine à coudre de Léonie, la mandoline de Marcel. C'était aussi très propre chez eux. On y respirait cette quiétude que donnent un bon feu pendant l'hiver, une marmite qui chantonne, une grande horloge avec le tic-tac de son balancier, et ce mélange des odeurs de confitures et de légumes qu'on dirait être une odeur de l'honnêteté.

Nos autres voisins, les Marion, étaient si vieux, si muets, que je ne me souviens plus que du quinquet à l'huile avec quoi ils s'éclairaient, alors que chez nous les splendeurs du gaz d'éclairage venaient de remplacer l'intimité, la douceur de la lampe à pétrole.

Leur fille, une veuve, tenait au rez-de-chaussée une épicerie. Les maisons du village n'avaient pour la plupart qu'un seul étage. Au-dessus des gens, en bordure des greniers, les hirondelles avaient bâti des nids nombreux.

La fillette de l'épicière, aveugle de naissance, montait chez ses grands-parents en palpant les murs; en s'agrippant à leur tablier, elle identifiait ses connaissances, après une respiration fouilleuse.

En hiver, ma mère allait se faire lire le roman-feuilleton d'un quotidien chez la Dassonville, une voisine dont elle admirait l'instruction. L'intrigue la tenait en haleine, elle attendait le dénouement, mariage ou trahison. Elle s'illuminait en écoutant les aventures de la vie du grand monde, elle croyait comprendre la vie. Du rez-de-chaussée, on voyait passer les gens du village, entre les rideaux écartés en ogive. La lecture finie, la conversation s'échauffait, les femmes s'exclamaient, égayées par les tasses de café, la drôlerie des propos : « Ah! la voiraïe », « ah! la toraïe », « ah! la vieille vache de mère Dassonville ». C'était leur meilleur moment de la journée, trois heures de l'après-midi en hiver, l'heure du café, quand la neige tombait.

Ma mère tirait du roman-feuilleton ses clartés sur la vie avec l'apport de merveilleux dont tout le monde a besoin. J'écoutais, feignant l'innocence, la conversation des priseuses, pendant que circulait de main en main une petite tabatière.

A l'âge où je commençais de pouvoir lire le nom de notre rue sur une plaque d'émail, déjà je savais que les enfants ne tombent pas du ciel pour naître dans les choux, malgré le soin que ma mère et ses voisines prenaient de n'être pas comprises par « les petites oreilles ».

Elle était venue de sa Normandie en Lorraine, après son mariage avec mon père, un chasseur à pied qui, de retour d'Algérie, achevait son temps de service à Alençon. Je lui demandais si son père avait été gentil, pourquoi elle n'avait plus revu sa mère depuis son départ de là-bas, si elle avait vu les Prussiens en 70, quel âge elle avait au moment de cette guerre, si les Prussiens avaient été méchants.

« J'avais douze ans », m'avait-elle répondu.

J'imaginais que les beaux dragons à casque de cuivre, à crinière de cheval, qui passaient dans le village le dimanche et qui permettaient aux enfants de marcher derrière eux en soulevant le bout de leur lourd sabre sauraient bien nous défendre d'une nouvelle invasion. En semaine ils passaient à hauteur de nos fenêtres, sur leurs grands chevaux, sabots claquants et trompettes vibrantes.

Mon père était fils d'un vigneron des coteaux de

Pagny-sur-Moselle. Orphelin de bonne heure, à dix ans il travaillait déjà dans les grosses fermes des plaines. Dure vie pour un gosse. A dix-huit, il s'était engagé. Le meilleur temps de sa vie, ces cinq ans de troupier en Algérie. Il avait appris à lire pendant son service. Ça lui permettait de lire de temps en temps le journal en épelant syllabe par syllabe, comme les enfants. Ma mère ne savait ni *b* ni *a*.

Tous deux étaient d'origine paysanne, mais nous n'avions plus de terre à nous. Mon père, en sortant de l'armée, était devenu manœuvre aux fonderies de Pont-à-Mousson. La plupart des gens du village de Maidières, où nous habitions, travaillaient eux aussi à l'usine. Certains avaient vu naître l'usine qui continuait de se développer sous leurs yeux. Elle avait attiré à elle les fils de paysans sans terre, les vignerons ruinés par le phylloxéra.

L'usine qui prospérait ne leur assurait pas de quoi vivre, malgré leurs journées de dix heures et même douze de travail. Ils étaient entrés une fois pour toutes dans le monde des prolétaires de la grande industrie, en restant pour un quart paysans puisqu'il leur fallait, pour vivre un peu plus à l'aise, cultiver la terre le dimanche. L'apport en légumes des champs qu'ils prenaient en location leur était nécessaire. Ma mère s'occupait dans les lopins que nous avions loués.

Le soir, au lit, la lampe soufflée, il s'informait longuement en interrogeant ma mère. « Est-ce que les petits pois étaient sortis ? Avait-elle chaussé les pommes de terre, ramé les haricots ? » et les questions se mêlaient aux considérations sur le temps. Il ne pleuvait pas assez, ou il avait trop plu. Il n'était pas toujours content du travail de la mère.

Au printemps, le dimanche matin, mes grandes sœurs accompagnées de leurs fiancés bêchaient avec mon père et mes frères. Moi-même je faisais ce que je pouvais, moitié par jeu.

Les jeunes gens auraient préféré d'autres distractions pour leur dimanche que de bêcher ou de rouler des brouettes de fumier. L'aîné de mes frères était déjà marié à ma naissance. Entre mon père et les deux autres, à propos des champs, la tension fut toujours très vive, au point de leur rendre insupportable le séjour à la maison. Rares étaient les pères de famille satisfaits de l'aide de leurs fils. Mon père appelait avec amertume les siens « mes trimardeurs ». René avait à peine treize ans quand il fit sa première fugue. Trois mois après, je le vis revenir, grimpé sur une charrette, avec un beau chandail vert, des bottines neuves et de longs pantalons, heureux et flambant, sans paraître se douter de la raclée qu'il allait prendre.

Il rentrait de Belgique après une plongée dans le monde des cirques et des forains.

Ma mère eut la main légère. Après les gifles, le pain et le bout de lard. Il fallait quelques jours pour habituer mon père à l'idée de son retour. René dormit au grenier. Un soir, à l'heure du souper, il entrouvrit la porte, prudent comme une souris, mais mon père le secouait déjà, l'étrillant à coups de corde. René put se glisser sous un lit où mon père essayait de lui bourrer les côtes avec un manche de pioche ; ma plus jeune sœur et moi terrifiés nous essayions de l'en empêcher en poussant des cris et nous accrochant à ses bras. Si René ne fut pas démoli, c'est qu'il put s'échapper en sautant soudain par une fenêtre.

Mon père avec moi était plus tendre. J'étais le dernier. Quand, le dimanche matin, il rentrait du jardin, dans un panier, sur sa brouette, une feuille de choux était pleine de fraises que ses grosses mains me tendaient. Les jours de paye, c'étaient des cacahuètes ou des oranges qu'il apportait. Jusqu'à sept ans il me fit danser sur son ventre dans le grand lit des parents, les dimanches matin en hiver, quand il pouvait se lever plus tard. Il me disait des mots d'arabe, me promettait d'écrire à Abd el-Kader qui m'enverrait un cheval pommelé. A midi, quand le repas était prêt, je le retrouvais endimanché, sortant de chez le coiffeur, rasé de frais, les moustaches en pointe, au café, devant une absinthe. Je buvais légèrement dans son verre en attendant un verre de grenadine.

Je le trouvais là en compagnie de mon frère aîné, déjà père de famille qui, avec une fillette de mon âge ou l'un de mes jeunes neveux, était venu nous voir en traversant les champs qui séparent son village du nôtre, ou avec un de mes futurs beaux-frères qui depuis des années était accueilli à la maison, un beau sergent d'infanterie à galons d'or, épaulettes et pantalon rouges, qui me permettait toujours d'essayer son képi.

Mon père répétait avec plaisir que je serais son bâton de vieillesse. Entre Adrien, mon aîné, et Camille, mon beau-frère bientôt, je ne faisais pas de différence. C'était mon parrain. Il m'avait vu naître.

Camille, avec une caisse à savon sur deux roues, m'avait confectionné le véhicule dont je me servais pour ramasser le crottin sur la route après le passage des détachements de dragons. Quand le tas grossissait pendant les vacances, mon père était content de moi.

Il aimait mieux ses filles que ses garçons, mais il parlait pourtant avec émotion d'un de mes frères, un gars de dix-huit ans, que la phtisie avait emporté, un petit gars vaillant mêlé trop tôt au travail des hommes de fonderie, rudes avec les gosses qui leur servaient d'aides, usant des gifles et des coups de pied au cul pour les durcir à la tâche.

Ma mère, le dimanche, n'allait pas à la messe. Le temps lui manquait. Mais elle était bien persuadée que le bon Dieu existait. Quand nous allions au bois, en passant devant le grand Christ de la croix de mission, elle se signait en silence. Je l'imitais.

Auprès des grands chênes abattus, dans le branchage que laissaient les bûcherons, elle taillait de la serpe des rames pour les haricots, les pois, et aussi le bois de notre provision d'hiver. A l'époque des asperges sauvages, des mûres, des fraises, des champignons, des noisettes, nous allions ensemble à la forêt. Avec elle, j'étais toujours dans le plein air. Pendant qu'elle tapait de la serpe, souvent je m'endormais. La forêt porte au sommeil. Je me réveillais effrayé sous de hautes voûtes vertes. Quand les orages nous surprenaient, à l'abri de la pluie sous un arbre, elle se signait à chaque éclair. Après la pluie, les tourterelles roucoulaient dans un bois de sapins. Ça sentait bon le terreau de feuilles, le muguet ou la fraise écrasée. Moi aussi je croyais au bon Dieu.

Je m'absorbais à évaluer pas à pas la distance qui séparait la terre du paradis. Deux fois la hauteur d'un chêne ou de notre clocher me paraissait toucher au domicile invisible des anges. Je n'en parlais pas. Pour ma mère, c'était peut-être un peu plus haut.

Dans l'effort, je ne l'ai jamais vue maussade ou hargneuse. Quand elle descendait du bois une brouette bien chargée, la première femme qu'elle croisait à l'orée du village lui disait :

« Mère Navel, vous êtes un vrai cheval. »

Pendant qu'elle essuyait ses lunettes, qu'elle s'épongeait, elle était radieuse. Nous passions devant l'enclos du maire, d'où dépassaient les perches d'une houblonnière. Ma mère, qui ne rencontrait personne sans poser sa brouette, saluer en commençant une conversation villageoise sur le temps probable d'après les signes donnés par le vol des hirondelles ou la conduite des poules, pour finir en s'apitoyant sur les malheurs d'autrui, écoutait les paroles du maire avec un grand respect. Grand, sec, osseux, déjà fort âgé, il se coiffait d'une casquette à oreillettes, une sorte de képi, qui avec ses hautes guêtres lui donnait l'air d'un ancien officier. C'était un riche, à nos yeux. Il possédait quelques terres et un cheval. On se battait au Maroc et dans les Balkans. Ma mère attendait de ses propos d'homme instruit des clartés sur les événements, car la Grande Guerre déjà menaçait.

Elle me paraissait toute changée, doucereuse quand elle rencontrait une vieille demoiselle de la bourgeoisie de province du genre très bien. Elle ne sentait pas cette demoiselle en grand deuil, aux yeux tristes, au parler lent et doux, de la même pâte qu'elle-même ou ses voisines. C'était du carreau de vitrail qui passait. Si elle-même trimait du matin au soir, elle n'était pas malheureuse de rencontrer une personne qui vivait d'une petite fortune en méditant la mort des siens ou un ancien chagrin d'amour. D'instinct, ma mère aimait les riches, leur distinction, comme du linge bien blanc après le passage au bleu et une bonne lessive.

Le curé, que nous rencontrions, était un paysan des hautes terres vers Verdun. Il en avait la rudesse de langage. Il appelait les gosses « bande de vaches » au catéchisme. Je ne l'aimais pas. Il m'avait frappé. J'attendais depuis mes sept ans d'être en âge de le battre à mon tour. Pour toujours j'avais cessé d'aller à la messe.

Trois religieuses en cornettes blanches habitaient dans le village. Elles étaient aimées. Elles avaient provision de remèdes pour soigner les brûlures, les coupures, les contusions des enfants, les panaris des adultes. C'étaient de douces créatures sans âge défini, au visage empreint d'une grande sérénité. Il aurait fallu, pour remplacer l'effet moral de leur présence, bien plus qu'une rangée de beaux tilleuls en fleur toute l'année.

Pour la fête-Dieu ou celle de Jeanne d'Arc, les hommes, même ceux qui n'allaient pas à la messe, apportaient les feuillages pour édifier le reposoir où aboutissait la procession. Des enfants marchaient derrière le curé, tiraient d'une petite corbeille maintenue par un ruban tout neuf, ou qui venait de connaître le fer à repasser, des poignées de pétales de fleurs.

Les fêtes religieuses étaient non seulement observées mais marquées de réjouissances. Tout le monde s'habillait mieux, personne n'allait aux champs, l'heure de l'apéritif s'accompagnait du carillon, les tartes à la mirabelle, à la quetsche étaient plus grosses, et chez nous, autour de la grande table des jours de fête, les convives plus nombreux.

Si mon père était descendu jusqu'à la ville, par tendresse pour son ancien corps d'armes, il nous ramenait un invité, un chasseur à pied, qu'il rencontrait pour la première fois, que la famille accueillait gentiment.

Durant des années, jusqu'à la guerre de 1914, chaque jour à la sortie de l'école, à onze heures, ma mère venait me donner le panier du déjeuner du père. Je le lui portais à l'usine. Avant l'usine, au crassier. Le crassier, c'était une haute pyramide qui grossissait de toutes les scories qu'apportait « le coucou », une petite locomotive tirant des wagonnets. Mêlée à la poussière et aux blocs de crasse, la fonte était récupérée par le lavage des scories, pelle par pelle, dans un courant d'eau. Je trouvais là mon père avec une demi-douzaine d'hommes que je connaissais par leur nom.

Je mangeais près de lui avec l'équipe de laveurs, assis sur deux briques, le dos appuyé à de gros tuyaux garés là. En hiver l'équipe mangeait dans une petite baraque. Un cubilot alimenté au coke la chauffait en répandant une grosse odeur d'usine.

Je le trouvais toujours calme, rarement gai, souvent d'humeur chagrine. Il avait plus de soixante ans, il allait vers sa quarantième année de présence à l'usine. On lui avait déjà remis la médaille de trente ans de bons services. Quand il n'en pourrait plus, qu'il s'arrêterait de travailler, l'usine lui servirait une pension, dix sous par jour en ce temps, juste la valeur d'un litre de vin ou d'un paquet de tabac.

On l'avait félicité bien souvent d'être un père de famille nombreuse, d'être un ouvrier fidèle. Il avait été bon soldat, il s'étonnait qu'on l'ait mis dans un poste aussi dur, « à l'intempérie », comme il disait, en récompense de sa vie de brave homme. Les beaux messieurs de l'usine et de la République lui paraissaient manquer d'honnêteté des actes aux discours. Quelquefois, je ne trouvais pas mon père à son poste habituel. Un compagnon me disait : « Il est aux Carnot. » Les quartiers de l'usine portaient généralement des noms de colonies. Il y en avait un qu'on appelait le Tonkin, la chaleur de la fonte y tapait aussi dur que le soleil en Indochine.

Je traversais des petites voies en évitant les wagonnets de coke et de minerai tirés par des chevaux, d'autres trains de fonte en fusion tirés par des « coucous ». Je longeais l'énorme machinerie des gazogènes, bruyante, chuintante. L'usine ne me faisait pas peur.

Quand j'arrivais aux fours Carnot, j'étais devant une bouche d'égout, un compagnon de mon père tirait sur une corde pour ramener du fond des grands seaux de boue verte à odeur d'asphyxie. Il criait pour que mon père l'entendît en bas :

« Père Navel, c'est bientôt la soupe, ton petiot est là. »

Mon père ne remontait que quand très haut la sirène, que les ouvriers appelaient « le gueulard », avait crié lugubrement.

Il sortait boueux, pâle, de son trou. D'autres compagnons le suivaient, pareils. Il mangeait sans appétit, respirant fort et presque avec colère.

A quatre heures, quand je sortais de l'école, en revoyant ma mère, je lui disais : « Le père travaille aux Carnot. » Nous étions tristes, oppressés d'inquiétude. Si à sept heures il n'était pas rentré, nous partions à sa rencontre, ma mère, ma jeune sœur, moi, tous les trois au-devant du malheur. Ou le père serait mort — il y avait eu des cas d'asphyxie « aux Carnot » — ou il aurait bu. Quand il sortait de là-dedans, une chopine de gros bleu lui tournait la tête.

Nous descendions la grand-rue du village. C'était sinistre. Hélène, ma jeune sœur, une fillette maigre et nerveuse, me donnait la main. Elle tremblait. Nous pleurions de honte quand mon père arrivait, en zigzag et en chantant.

Il ne buvait qu'après un travail dur. Je ne l'ai jamais entendu « déraisonner » le soir d'un dimanche ou d'un jour de fête. Il buvait avec mesure. Le repos ne lui donnait pas soif. Dans les à-coups d'ivrognerie des ouvriers des forges, l'épuisement des longues journées avait sa part. Les hommes m'effrayaient.

La meilleure part de la vie de ces hommes-là, les plus vieux ou ceux qui approchaient de l'âge de mon père, leur beau temps c'était leur jeunesse, leur temps de service à l'armée. Toutes les histoires qu'ils se racontaient au caboulot s'étaient passées quand ils étaient soldats.

Quand mon père n'avait pas égayé d'un verre de vin sa fatigue, assis chez nous, soufflant fort, sifflant du nez, les mâchoires contractées, il faisait claquer ses doigts. Son velours, ses brodequins, sa sueur sentaient la poussière des fonderies. Je le trouvais un peu terrifiant. La colère grondait en lui. Quand il parlait, sa voix était plus plaintive que méchante. La fatigue lui donnait une grande amertume. Ses fils, l'usine, la République, tout l'avait déçu.

Je n'eus jamais faim dans ma jeunesse. La nourriture fut toujours copieuse. Pas de vin, sauf pour mon père. Trop cher. Nous n'avions pas de vignes. Nous avions toujours un cochon au saloir, l'autre à l'écurie avec des poules et quelques nichées de lapins. Néanmoins, ma mère payait difficilement les mois de retard de location de l'appartement, les dettes à l'épicière. Depuis le mariage de mes grandes sœurs, la paye du père qui travaillait à sa tâche et régulièrement ne suffisait pas à faire flotter le budget sans embarras d'argent. Sitôt que mon père touchait sa quinzaine, la propriétaire entreprenait d'obtenir un acompte tant qu'il y avait entre les mains de ma mère un peu d'argent liquide.

Mon père ne touchait jamais sa paye complète, l'usine faisait ses retenues sur les acomptes reçus « en monnaie de singe », en jetons de cuivre contre lesquels sa coopérative nous vendait des produits d'épicerie, ou le gros bleu que buvait mon père à la cantine en sortant de son travail.

Ma mère aurait prêté difficilement à une voisine nécessiteuse — les femmes du village étaient entre elles très serviables — la petite somme qui représentait une demi-journée de travail à l'époque, mais elle pouvait donner un panier de carottes ou de pommes de terre, un morceau de lard. Si je savais, à sept ans, pleinement ce que peut signifier le mot pauvre, je ne vis jamais ma mère embarrassée et se rongeant les ongles, se demandant comment faire pour nourrir ses enfants et son homme, comme je voyais certaines femmes de manœuvres.

Mon père était amer mais résigné. Sans cesse il répétait à mon frère Lucien qui, sur ses dix-huit ans, après ses fugues, ses contacts avec Nancy et Paris, était devenu révolutionnaire syndicaliste : « Le pot de terre ne brisera jamais le pot de fer. »

Les ouvriers, tannés par leurs femmes embêtées de s'entendre rabâcher par l'épicier et le boulanger : « C'est la dernière fois que je vous donne à crédit, vous me devez de l'argent depuis trop longtemps », s'étaient mis une fois en grève. De leur long passé de soumission, la grève était l'événement historique.

Des dragons venus de Nancy avaient chargé la foule de femmes et d'enfants d'ouvriers, qui s'était bien défendue. Malgré leurs sabres, des cavaliers avaient mordu la poussière. Chez nous on en parlait souvent. Si mon père était au crassier et « aux Carnot » à plus de soixante ans, c'est que pendant la grève, s'il n'avait

pas été un des plus ardents, il n'avait pas non plus
« été un jaune ».

Chez nous passait un ouvrier révoqué de l'usine. Il avait porté le drapeau rouge. L'usine n'avait plus voulu de lui, il était devenu marchand de café depuis la grève de 1905, la seule. Dans le plaisir à l'accueillir, on eût dit que les miens, à chaque visite, retrouvaient un ancien moment de fierté. La mère Marion, notre propriétaire, était très âgée, mais grande et droite comme un hussard. C'est elle qui venait à la maison embêter ma mère en réclamant son dû. Son mari, un vieillard cassé en deux, marchait le dos à l'équerre comme s'il piochait dans sa vigne. La vieille femme semblait l'avoir séché et condamné au travail jusqu'à sa tombe.

Quand elle entrait, elle apportait une odeur d'avarice. Elle parlait d'abord du temps. C'était avec ma mère la rencontre de la mouche et de l'araignée. Ma mère lui versait un acompte sur un trimestre en retard. Nos dettes étaient mon cauchemar.

Les gens avaient suivi avec inquiétude, après le drame de Sarajevo, la marche des événements vers la guerre.

Un soir, à la nuit tombante, tous les hommes passèrent à la mairie. Je serrais toutes les mains des partants. J'allais avoir dix ans, j'aurais bien voulu partir avec eux. Dans la fièvre et l'émotion des gens, une grosse vague d'amitié passait sur le village. Les maisons se rapprochaient. Je vis à peine mon frère Lucien venu nous dire au revoir, marchant près de mon père heureux que son fils l'antimilitariste se fût engagé.

Les grandes vacances commençaient. Devant notre porte, le lendemain, sciant du bois, joyeusement, je m'écriais quand passait la vieille propriétaire :

« C'est la guerre ! On ne paye plus, demain les Français seront à Metz ! »

Un mois après les Allemands étaient chez nous, mangeant nos mirabelles. La belle moisson de 1914, les gerbes de blé, là-haut dans les terres, pourrissaient sur place.

II

L'école

Ma jeunesse ne fut pas malheureuse, je n'eus jamais faim. Mon père, ma mère ne me battirent pas, que je me souvienne. Je n'ai vraiment souffert que de l'école, que ce soit la maternelle ou la grande. Je reçus comme tous quelques gifles, des coups de règle sur les doigts, mais sans exagération, sans que les coups aient marqué dans le souvenir, sans qu'il y ait de quoi garder haine à la vieille demoiselle qui apprenait l'A B C aux petits garçons ni à l'instituteur qui s'occupait seul d'une classe de soixante garçons de sept à treize ans.

J'ai souffert à l'école d'être enfermé et je n'ai rien appris, ni l'orthographe, ni la grammaire, ni le calcul, ni même à m'amuser aux récréations, car j'ai souvent tourné autour de la cour, presque toujours été en punition. On m'a inutilement battu pour que je sois un bon élève, pour que j'aime l'école et que je la fréquente régulièrement, effrayé avec le bonnet d'âne des ignorants. Et bien que je sois allé à l'école régulièrement, je ne savais rien de plus, tout juste, à dix ans, que faire une addition, lire couramment, et écrire, avec quelque embarras pour tracer certaines majuscules.

J'ai plus appris avec les livres de la bibliothèque de l'école, les Jules Verne et les Erkman-Chatrian que me prêtait monsieur Joly, notre instituteur, que sur les bancs de sa classe. J'ai du moins appris, en lisant, l'orthographe et le sens des mots, — insuffisamment, mais plus encore que si j'avais été un bon élève jusqu'au certificat d'études. On m'a, pour m'apprendre peu de chose, inutilement retranché, pendant les meilleures heures de la journée, du monde où je vivais avec ma mère, les champs, les jardins, monde où je me développais physiquement, pour un autre où je me ratatinais sur un banc, l'esprit plein d'ennui.

On m'a privé du monde où mes songeries trouvaient des motifs plus intéressants que ceux que provoque l'écriture d'une page de e ou de i. Et de toutes ces leçons sur l'histoire, sur la physique, la grammaire, de tous ces mots que j'ai entendus, même en y prêtant attention, qui ne veulent rien dire s'ils ne mènent pas vers un savoir supérieur, si l'adulte ne les complète pas dans les grandes écoles ou par la culture personnelle longuement poursuivie, de toute cette pâtée indigeste, il ne me reste rien. Et il ne me resterait rien même si j'avais bien appris tout ce que disait monsieur Joly. Mais nul doute que si j'avais appris ce qu'il voulait nous apprendre, avec une bonne orthographe et une belle écriture, sortant de ses mains à treize ans avec le certificat d'études, j'aurais pu commencer — c'est la première fois que j'y songe — une carrière de bureaucrate à l'usine.

Aussi je ne veux pas douter des bonnes raisons qu'avaient les instituteurs, mes parents, la société, les gendarmes, mon beau-frère Camille qui était aussi mon parrain, quand ils me donnaient une raclée pour m'encourager à mieux écrire, des bonnes raisons de tout le monde d'instruire les enfants. L'instruction facilite le métier qu'on adopte, quel qu'il soit, encore que, souvent, elle ne sert à la plupart des gens qu'à lire ce qui est écrit dans un journal, les noms de boutiques et les noms de rues, et à donner au mieux une date exacte à la découverte de l'Amérique et à l'invention de l'imprimerie.

Cette école m'a beaucoup ennuyé, fait souffrir, et je voudrais avoir toute ma rancune d'enfant et toute la fraîcheur de sa souffrance pour le dire. J'avais comme tous les enfants plus de questions à débattre, à soulever intérieurement, plus de préoccupations qu'il n'y en avait dans les leçons de grammaire, de géographie, de calcul. Je les ai oubliées, c'est le point le plus regrettable.

Il faut reconnaître que j'ai tout de même appris un peu à lire, un peu à écrire, de tout ce qu'on voulait m'apprendre. C'est peu pour un an de maternelle et trois ans de classe, c'est peu pour tant d'ennui, et j'aurais pu apprendre autant et plus, différemment.

J'ai cru découvrir, mais très tard, un principe de bonheur dans la pensée, la méditation, la songerie, la réflexion, qu'on appelle comme on voudra ce travail d'esprit, de création, de miroitement de la vie que fait n'importe qui, en allant seul, en marchant tranquille. Ma mère était souvent heureuse en cherchant des pissenlits. Elle aimait les champs, les bois, elle aimait ce qu'elle était là. Ce que j'ai trouvé très tard et clairement en découvrant dans la marche qu'accompagne le déroulement des songeries un principe de bonheur, je le savais inconsciemment quand je préférais l'école buissonnière à celle de l'instituteur, celle-là qui, en voulant me donner l'instruction, s'appliquait sans le vouloir à tarir les sources qui rendent heureux.

Je ne conteste pas l'utilité du peu que j'ai appris à l'école, mais avec plus de bonheur, en m'amusant, j'ai appris au jardin à me familiariser avec le travail de la terre. A neuf ans, je savais utilement bêcher, et ce que j'ai appris là m'a permis de faire pousser mes pommes de terre quand on n'en trouvait plus dans les boutiques. Et d'autres choses encore, qui ne se voient ni ne se mesurent.

Monsieur Joly était un très brave homme, serviable dans ses fonctions de secrétaire de mairie, sérieux dans ses fonctions d'instituteur, corpulent et souple, respectable comme un ministre, de bonnes manières et de bon langage. Sa classe, avec une soixantaine d'élèves de tous les âges, était une rude classe. Sa barbe, sa corpulence, disposaient, avec quelques coups de règle, les élèves à la discipline. Si on le laissait seul avec tant d'élèves, c'est que sans doute on ne prenait pas trop, en haut lieu, l'instruction au sérieux. J'ai détesté cette école avec la même intensité que tous les lieux où il m'a fallu vivre enfermé, école, usine, caserne.

J'ai mangé à ma faim. J'ai reçu assez fréquemment des raclées d'un de mes frères, d'une de mes sœurs. Rien qui marque une jeunesse. On m'aima. La souf-.

france la plus grande me vint de l'école, à certains moments, du sentiment de notre pauvreté, quand ma mère était soucieuse de ses dettes, de ces pressentiments sombres et souvent justes de ce que peut être la vie qu'on ne connaît pas encore, de ces accès de lucidité qu'ont les enfants comme les grandes personnes, et de ce grand obscurcissement que me causait le père quand il rentrait ivre. Je ne fus pas malheureux.

III

Lyon

A Lyon, nous habitions une rue honnête en bordure d'un quartier mal famé. D'énormes gigolettes en tablier noir, en hautes bottines jaunes, guettaient l'Arabe, le Noir, l'Annamite, le Chinois, l'homme saoul. Elles se surmenaient les soirs de paye quand les usines de guerre lâchaient leur personnel colonial. A la file, près des hôtels borgnes, patiemment, les coloniaux attendaient leur tour. La curiosité me poussant, je m'aventurais à traverser le quartier en prenant bien garde de ne pas lâcher le milieu de la rue, évitant de croiser mon regard à celui des matrones aux faces diaboliquement colorées. Je passais à demi terrifié, pour céder à cet appétit d'images et d'émotions qu'ont les gamins. Quelquefois le sang coulait, mais j'arrivais toujours avec la foule et la police, après les coups de hache ou de couteau.

Evacué de Maidières dans un convoi d'enfants, j'étais allé en Algérie, déçu de n'y trouver ni lions, ni sauvages, ni cocotiers. Dès que j'avais appris la présence à Lyon de mes parents, je m'étais fait rapatrier.

En arrivant, j'avais trouvé ma mère, ma sœur Hélène m'attendant à la gare. Nous avions fait un voyage merveilleux en tramway, assis sur le velours rouge des premières. Dans le ravissement que me causaient les lumières des rues, des boutiques, le premier contact avec la grande ville mêlé au bonheur de retrouver les miens, je n'oubliais pas l'enquête immédiate. Ce voyage sur du velours rouge m'inquiétait. Hélène m'avait répondu qu'il ne coûtait pas cher et que nous n'étions plus si pauvres qu'à Maidières.

Dans notre brave rue, nous logions dans une maison meublée habitée surtout par des réfugiés du Nord et de l'Est. Des familles comme la nôtre s'entassaient dans une ou deux pièces. On arrivait de la rue à la cour par un corridor sombre. On grimpait par un escalier de bois à ciel ouvert où toujours du linge séchait sur des cordes. Les chiens de la rue, les chats, la poubelle, la fosse d'aisances empuantaient le corridor. Quand la fosse débordait, l' « Union Mutuelle des Propriétaires » envoyait une belle nuit sa pompe à vapeur, ses tuyaux et ses barriques.

La propriétaire, payée d'avance mois par mois, vivait en bonne intelligence avec nous. C'était une brave femme, bien ronde, de gros bras, du poil sous le nez et un peu plus au menton. Elle balayait souvent la petite courette où les locataires descendaient chercher de l'eau. Elle tenait une épicerie au rez-de-chaussée. Son mari était maître maçon, comme beaucoup de fils d'Auvergne. De ses deux filles, l'aînée m'embrassait quelquefois dans l'escalier de la cave qui sentait le pipi de chat, le charbon, la réserve moisie de légumes d'hiver. Le linge des lessives s'égouttait sur nos têtes. Je ne m'attardais pas, mon plaisir gâté déjà en songeant qu'Angèle aurait bientôt autant de barbe que sa mère. Je n'avais que onze ans, j'étais loin de l'amour ravageur.

Nous habitions une maison à taudis, mais le soin qu'apportaient les ménagères de Lille et de Reims à faire leur ménage donnait à leur intérieur une sorte de tranquillité paysanne. J'oubliai vite que nous étions en garni.

Nous n'étions pas encore tous rassemblés à Lyon. Jeanne, une de mes grandes sœurs qui ne s'était pas mariée, vivait avec nous. Elle travaillait aux poudres du parc d'artillerie. La plus jeune, Hélène, était apprentie modiste. Mon père, lui, travaillait dans une brasserie. Les trois salaires suffisaient largement à nous faire vivre. Ma mère, au marché, sortait sans douleur des billets de son porte-monnaie. Elle s'y promenait avec autant de plaisir que dans les champs. C'est beau, l'abondance, les produits frais, les petits pois, les haricots verts, les groseilles. Les marchands de beurre, de volailles, de légumes, de fruits, se suivaient sur un bon kilomètre sous les ombrages des quais du Rhône. C'était pourtant la guerre.

Quand nous passions devant les grilles de la préfecture, au tableau noir du portail, pour ma mère je lisais à voix haute le communiqué. La boulangère s'entretenait avec ses clientes : son mari se battait à Verdun. Quand les nouvelles manquaient, les femmes essayaient de se rassurer. Il n'y avait plus que pour trois mois de guerre, elle finirait au printemps, à la nouvelle grande offensive. Le même refrain devait servir encore des années.

La guerre nous avait déracinés. Pourtant, la vie à Lyon m'apparaissait plus gaie qu'à Maidières ou à Pont-à-Mousson. Je sentais que nous étions moins pauvres et plus libres, que mon père ne dépendait plus de la grosse usine. Les gens s'habillaient mieux que chez nous. En proportion, il y avait moins d'hommes saouls et le langage était moins rude. Avec son va-et-vient de militaires en bleu horizon, notre rue ne semblait pas triste. Elle était souvent lavée ou rafraîchie par le jet des arroseurs municipaux. Des petits tramways rouges passaient en remuant l'air d'un bruit de ferraille. Ils gémissaient longuement aux virages, en une sorte de plainte chantante qui dominait les autres bruits.

En revenant du marché, nous passions près d'une grande épicerie. Devant les étalages, des garçons en blouse blanche, aussi nets que des pharmaciens, notaient les commandes des belles bourgeoises. Après les dragons d'avant-guerre, je ne voyais rien d'aussi distingué qu'un garçon épicier, rasé ou avec la barbe. Ma mère entrait là très rarement. Je humais en passant un mélange agréable de pain d'épices et de bon café.

Quelques mois après mon retour, mon frère René était arrivé, venant d'une usine des Vosges. Ma mère avait pris pour nous deux une petite chambre de plus. Il était revenu forci, grandi, mais le cou enflé par une adénite. Il se fit opérer, soigner, notre petite chambre sentait toujours l'éther de ses pansements. Par temps clair, le dimanche matin, il aidait à la cicatrisation de ses plaies en dirigeant un pinceau de soleil sur elles à travers un trou fait dans une page de cahier. Il sifflait admirablement pendant qu'il prenait ces soins.

Un an après mon retour, de mon propre gré j'entrai à l'atelier où il travaillait. L'école libre où ma mère m'avait conduit ne m'avait jamais plu. Les leçons de catéchisme, d'histoire sainte, faisaient surcharge aux autres matières. Je passais trop d'heures enfermé. En entrant dans un atelier, j'apprenais plus vite la vie.

René décabossait au maillet des casques qui venaient du front. Des femmes dégrafaient les coiffes de cuir pour les débarrasser de la sueur et du sang. Après un coup de peinture bleu horizon, ils étaient neufs pour un retour à Verdun.

J'étais à l'étamage des bidons. C'était aussi du matériel récupéré après usage. Le local noir puait l'acide. J'étais distrait par les belles couleurs du bain d'étain. L'étameur me passait les coquilles, je les essuyais dans un bac de sciure. Je n'étais pas encore mûr pour la rudesse, la grossièreté des adultes. La vie à l'atelier « pour toujours » commençait à me faire peur. Je me demandais si c'est loin la mort et si on est forcé de vivre jusqu'au bout. En Algérie, la vie m'avait paru plus belle. J'y retournerais plus tard, je ne désespérais pas.

C'était l'hiver. Les rues étaient encombrées de tas de neige qu'on ne pouvait plus enlever. Gel, ordures et neige. Les gens prenaient un air plus misérable. Le matin, il faisait noir. C'était mieux. On ne voyait que des lumières, la laideur des petites rues à terrains vagues. C'était à midi le plus attristant. Une nouvelle race de gens était apparue, la race verte des ouvriers et ouvrières de la mélinite. Vraiment, la vie des adultes commençait à m'inquiéter. J'interrogeai René. Je songeais aux risques d'accidents dans tous les métiers, aux chutes des maçons de leur échafaudage, des charpentiers, aux scieries où presque tous les ouvriers que j'avais vus avaient les mains mutilées. Je demandais à René quel est le meilleur métier.

— C'est d'être rentier, me répondait-il.

C'était peu de temps avant l'armistice en 1918. Pendant l'été, au bord d'un canal du Rhône, j'avais travaillé avec les maçons. Ma mère me préparait mon repas dans une musette. Je partais tôt pour revenir à la nuit.

Ecrasé de fatigue, je dormais tout le long de mon parcours, le matin, le soir, à midi à l'ombre dès que j'avais mangé. Dès que je lâchais la pelle, j'étais transformé en crocodile sur son banc de sable. J'aurais dormi sur un tas de cailloux. Le soleil tapait dur. Je n'étais éveillé que pendant mes onze heures de chantier. Je bronzais, je me sentais forcir avec contentement. J'avais insisté et un peu forcé le vieux chef maçon à m'admettre sur le chantier. Je tenais le coup, mais juste sur la limite. Je gagnais dans le bâtiment autant que mon père qui remuait de l'orge dans une brasserie. Je préparais le béton pour le monter seau à seau sur l'échelle. Les muscles durcissaient, mais l'âme restait trop tendre aux injures. Quand je ne lui avais pas passé assez vite la martelette, le morceau de planche ou le serre-joint qu'il demandait, mon maçon m'engueulait sans colère, mais avec de sales noms. Quand je râlais en le menaçant de faire venir mon frère pour le corriger, il était surpris. Un jeune manœuvre de deux ans plus âgé que moi, fort pour ses seize ans, me bousculait, me renversait dans le sable. A terre, je me défendais avec les pieds. Il se prouvait trop souvent sa force. Un jour, excédé du maçon et du manœuvre, en pleurant je quittai le chantier.

J'étais entré dans un atelier en grattant mon livret de travail pour me donner quinze ans. On m'avait admis. J'ébarbais à l'étau des pièces de fonderie pour usage de guerre. A l'étau, me servant des limes, je me croyais en train d'apprendre le métier de mécanicien. Encore une fois j'avais un bon salaire. Je ne songeais pas aux difficultés que rencontrent les petits prolétaires qui doivent apprendre un métier. Ma jugeote et le hasard seuls me guidaient. J'étais sans révolte, bien adapté à la condition ouvrière, heureux de devenir fort ou heureux de devenir habile. Un bon ouvrier me faisait grande impression. Les riches n'étaient qu'un mythe. J'en avais peut-être vu en passant dans les cafés du centre, où personne de chez nous n'entrait. Ce que je savais de la vie bourgeoise, je le savais par le cinéma où j'avais vu aussi *les Trois Mousquetaires*. Dans la vraie vie, les patrons en chapeau melon, les petits patrons des ateliers où j'avais travaillé, les contremaîtres en blouse et en faux col m'en imposaient comme des gens de race supérieure. Ils parlaient, ils s'habillaient mieux que nous, ils savaient tout ce qui s'enseigne dans les écoles. Je leur croyais des parentés avec les ministres, les généraux, les gens instruits qui dirigent le monde. Je croyais le monde réglé honnêtement et vrai tout ce que disent les journaux. J'avais vu passer en 1917 des cortèges de grévistes avec placards et drapeaux rouges. Ils voulaient la paix. Je ne comprenais rien à la lutte des généraux aux noms difficiles en Russie.

Mon frère Lucien, réformé, était revenu parmi nous. Un soir je le suivis à une réunion à l'Union des syndicats où une poignée de militants se rencontraient. Ils parlaient bien, ils étaient cordiaux, sans mépris avec le gamin que j'étais. Je compris le sens des grèves de 1917, des mutineries de Champagne et de la lutte qui se poursuivait en Russie. Les contremaîtres, les petits patrons perdirent de leur prestige. En rencontrant les militants syndicalistes, je crus aussi que rien n'empêche un homme d'être un homme. La classe cessa de me paraître une limite dans laquelle s'enfermer. Jamais des ouvriers n'avaient fait sur moi aussi vive impression.

Lucien répondait à mes questions, mais ses réponses m'enlevaient les illusions où je vivais avant de le suivre. J'avais cru tous les adultes intelligents, même les plus brutes, sachant tous mieux que moi ce qu'ils faisaient dans la vie : le charbonnier avait sa raison d'être charbonnier, la fille d'être une prostituée, l'ouvrier de travailler et le soldat de se battre.

J'avais cru que l'ignorance était le privilège des êtres jeunes, et que tous les adultes, même mon père, vivaient dans un monde clair à leurs yeux. Il suffisait d'être assez âgé pour savoir. Ce qui allait mal, c'était la vie. En attendant le progrès, on n'avait pu faire mieux. Personne n'était responsable. Lucien me fit voir un monde plus noir en présentant la masse des hommes comme une masse de dupes dociles, l'ordre capitaliste, la société bourgeoise organisée en conspiration contre les ouvriers. La guerre n'avait pas d'autre but que de faire réaliser des bénéfices aux marchands de canons, l'armée que de mater les ouvriers, la presse que de mentir et de faire durer l'exploitation de l'homme par l'homme.

Je ne voulais pas, en travaillant, me considérer comme un esclave, en devenant un soldat trahir les miens, m'appeler chair à canon. Je ne pouvais plus vivre dans la vérité du monde que Lucien me révélait. Je m'aperçus mieux de la laideur des rues. La maison me parut répugnante. La douche manquait chez nous. Je souffrais de la toilette sommaire. J'avais l'impression que j'appartenais à une classe considérée comme du bétail, parquée, méprisée. J'étais plus pressé que les adultes que fréquentait Lucien, tous ces militants sympathiques qui, d'ailleurs, ne se représentaient pas la vie de leur classe aussi simplement. J'en avais assez de l'atelier et de ses règlements. Je voulais tout de suite une vie plus noble, plus digne, une vie où je ne serais pas ouvrier, dans un pays où il n'y aurait que de l'espace et pas d'industrie, et je résolus de partir pour l'Algérie sans attendre la révolution.

Flanqué d'un compagnon plus âgé, je débarquai un jour à Marseille. Nous avions un peu d'argent, chacun notre paye. Nous voulions prendre le bateau en nous cachant. Nous étions arrivés le matin même. Nous avions déjeuné dans un coupe-gorge du Vieux Port et laissé nos valises. Il nous restait à trouver un hôtel. La nuit tombait.

Pour moi, ce soir-là, ce fut l'hôpital. J'y restai deux mois. En prenant un tramway où mon compagnon venait de monter je roulai à terre. Je crus avoir les deux jambes coupées, je n'eus qu'un pied tuméfié, un peu déchiqueté. Hissé dans un fiacre, je me retrouvai sur une table d'opération de la Conception. J'avais eu le temps de passer mon portefeuille à mon compagnon : je ne le revis plus. Pendant deux jours, plus de chagrin que de douleur, je restai à pleurer sans tarir : je ne pouvais plus aller en Algérie.

J'écrivis ma première lettre de repentance. Je reçus une lettre de chez nous, un petit mandat. On me pardonnait.

Encore couché, j'appris que c'était l'armistice. J'étais dans une salle avec des gamins très gais. Un jeune charretier avait la jambe cassée par un coup de sabot de cheval. Un apprenti était tombé d'un échafaudage. Il avait failli être trépané. D'autres avaient des jambes coupées. Le soir, chacun à son tour, tous chantaient. Je ne pleurais plus, je m'habituais à l'hôpital. Levé et marchant à cloche-pied, je goûtais la douceur de l'hiver marseillais. Puis un soir je me retrouvai chez nous, près de la lampe, devant la soupe fumante.

L'armistice signé, les usines de guerre avaient licencié leur personnel. Les industries de paix ne reprirent pas immédiatement leur fabrication. Mes deux grands frères travaillaient à des salaires très bas pour l'armée américaine, qui mettait un peu d'ordre dans les stocks qu'elle devait négocier à son départ. C'était pour ma mère une période de gêne.

Tous les soirs je sortais avec Lucien. A vingt-cinq ans — de son métier il était mouleur —, il avait la robustesse qu'il faut aux ouvriers de fonderie, grand, solide, un peu voûté. Dans la rue il ne marchait pas, il fonçait comme s'il courait vers un événement. Il parlait toujours très haut, de cette manière fatigante qu'ont les orateurs, scandant les mots comme s'il était devant une assemblée. Je le suivais à l'Union des syndicats, aux réunions socialistes, aux causeries du petit groupe libertaire. Partout les hommes que nous approchions parlaient de la révolution russe. Nous sortions trop, chaque soir. Nous rentrions à minuit pour nous lever à six heures du matin. Mes sorties déplaisaient à mon père, qui se couchait bien plus tôt. Les sommeils brefs, les repas hâtifs, les discussions, les lectures me tenaient en état de fièvre. Je serrais des mains de copains dans les réunions, les meetings, le plus de mains possible. Chaque main : une certitude. C'était un hiver sans tristesse, je ne voyais pas la mauvaise saison. Sous mon paletot, je ne grelottais que d'exaltation.

Après la Russie, la révolution avait gagné l'Allemagne, la Hongrie. Les noms de Karl Liebknecht, de Rosa Luxemburg, de Lénine m'illuminaient. L'homme au couteau entre les dents était apparu sur les affiches. La presse jouait sur les mots obscurs, la parenté sonore de boche et de bolchevisme. L'homme au couteau entre les dents représentait les braves copains, les militants dévoués à qui je serrais la main, tous ceux qu'unissait l'espoir d'établir une société meilleure.

En revenant de Marseille, après ma fugue, j'avais trouvé de suite à m'embaucher. Garçon de courses, je tirais une carriole pour aller livrer du fil dans les petits ateliers de mode du centre. J'étais toujours content de sortir. A l'atelier, je démêlais des bottes de fil de fer qui s'enroulait sur une bobine. J'ignorais l'ennui. Je travaillais machinalement sans cesser de songer aux problèmes de la société future. J'avais perdu mes frusques à Marseille. J'étais accoutré d'une veste de René, d'un pantalon de Lucien. Quand j'entrais à l'atelier, les deux ouvrières se poussaient du coude en riant. C'était un petit atelier très calme. Le patron, un petit père, la cinquantaine, de santé délicate, actif, ingénieux, bricolait à ses métiers. Je n'étais pas mal là. A la sortie, j'endoctrinais les deux ouvrières pendant qu'elles attendaient sous leur parapluie le tramway. Elles avaient plus de quarante ans, la plus belle avait de beaux yeux noirs et m'écoutait sans jamais me prendre au sérieux. Je me donnais de la peine contre toutes les légendes du *Petit Parisien*. Je voyais bien qu'elles me trouvaient drôle et un peu fou. Je ne me suis jamais guéri de 1919.

IV

Ateliers

Mon père, qui allait atteindre ses soixante-dix ans, travaillait encore, mais près de chez nous, pour éviter l'embarras de prendre un tram ou la fatigue d'un parcours à pied. En passant dans la rue, je le voyais avec une équipe de vieux couleur de rouille. Ils déchargeaient des tôles, des paquets de tringles de fer. Je le voyais aller et venir dans un grand hangar. Des camions, des voitures à chevaux s'arrêtaient devant le grand portail pour prendre ou pour laisser un chargement.

J'avais plus de quinze ans. Il y avait maintenant trois ans que je faisais n'importe quoi comme manœuvre, j'avais hâte d'apprendre un métier. Mon père me dit :

— J'ai toujours été manœuvre, tu peux bien l'être aussi.

Ma mère, elle :

— Je veux bien, mon petiot, si tu gagnes un peu.

Par ruse, je pus entrer en apprentissage en me donnant pour petite main ajusteur. René pour devenir chaudronnier, Lucien pour devenir mouleur, s'étaient débrouillés eux-mêmes sans passer par la filière d'un apprentissage régulier.

En apprenant un métier, il fallait aussi que je gagne ma vie. Lucien s'était marié. René, usé par le travail de nuit dans les usines de guerre, avait dû entrer dans un sanatorium. Hélène restait trop faible pour travailler. La famille vivait sur la paye d'un vieillard, d'une femme et d'un apprenti. Il fallait bien que je gagne un peu.

En général, les ouvriers révolutionnaires que la presse nommait les meneurs, en les présentant comme des illuminés ou des bandits, étaient d'habiles professionnels. Ils appartenaient à l'élite ouvrière. A Lyon, tous se connaissaient. Depuis 1918 où mon frère m'avait emmené dans son petit cercle de syndicalistes, je serrais la main d'un aîné : c'était un camarade, un ami. A la Bourse du travail, il prenait la parole dans les meetings pour l'amnistie ou dans les assemblées de grévistes. Il me fit entrer à l'atelier où il était chef d'équipe. On y retapait de vieux tours qui avaient tourné les obus, du matériel des usines de guerre que l'Etat liquidait. On travaillait à l'antique, avec des moyens artisanaux, presque sans machines. J'appris à limer droit. Je sus bientôt, à part le balayage de l'atelier et les courses, rendre des services réels. Nury forgeait ses outils, les pièces à refaire. Je passais du beau temps devant la forge, en faisant tourner le ventilateur. Quand il le fallait, je frappais à la masse. J'observais les mouvements du compagnon qui me dressait. Quand le morceau d'acier était chauffé au « rouge cerise », il s'en saisissait avec la pince pour en faire en quelques coups de marteau un burin ou un bédane. Il le trempait à la couleur « jaune paille » ou « gorge-de-pigeon » selon l'usage qu'il en voulait faire. J'étais fier de porter des bleus d'apprenti.

Un an passa. L'échec d'une grève générale marqua le déclin du mouvement ouvrier après les remous révolutionnaires d'après-guerre. On était déjà loin des fièvres de 1919. J'avais le cafard. J'étais trop tôt entré dans la vie consciente, j'avais trop lu, j'étais trop sorti. L'atelier mal aéré, obscur, était aussi très déprimant. A l'étau, je ruminais des idées noires. Des doutes me gagnaient. Je ne parvenais pas à croire possible la transformation de la société bourgeoise en société communiste libertaire. J'avais beau me dire que l'Eglise avait commencé par une poignée d'apôtres, je restais douloureusement sensible au fait que la propagande anarchiste ne touchait qu'un bien petit nombre d'hommes, à la faiblesse du petit groupe que j'approchais. Je voyais encore de bons vieux jours à la société bourgeoise mourante. Mais plutôt que de vivre résigné, de reproduire l'existence de mon père, je préférais mourir. Maintenant je savais.

Un soir de mars, ayant choisi l'endroit où l'eau paraissait couler profonde, j'enjambai résolument le parapet d'une passerelle du Rhône pour m'y jeter jambes en avant. Les quais, la passerelle étaient déserts. Personne ne m'avait vu. J'eus le temps de voir encore la nuit, les lumières électriques. C'était fini... Pas tout à fait. J'entrai dans une vie plus rapide que le courant qui m'entraînait, témoin, victime et tribunal. Ce ne fut qu'un instant, le temps de revivre Maidières et de m'accuser du meurtre de l'apprenti. Je me retrouvai debout, de l'eau à mi-ventre. Je n'avais plus qu'à attendre jusqu'au matin les pompiers : je préférai me risquer tout de suite à gagner la rive.

Deux mois après, quand je dus quitter l'atelier, le travail était rare. J'étais allé au bureau de placement. En attendant de poursuivre mon apprentissage, j'acceptai une place à la campagne. La vie était redevenue bonne. J'étais dans les prés, je gardais cinq vaches, tout m'amusait. Un chapeau de paille défoncé, des pantalons trop courts, des croquenots qui bâillaient m'avaient transformé en épouvantail. C'était un pays de plaines, de haies et de peupliers autour d'un village assoupi. Je partais le matin après le café avec une tranche de pain et de fromage, poussant les vaches dans les chemins jusqu'à un pâturage éloigné. Un chien m'aidait. Nous restions là jusqu'aux heures chaudes. Je ramenais le troupeau en criant fort, amusé par ce qui sortait de mon gueuloir. Je me laissais vivre, mordant mon pain à pleines dents, m'abandonnant au bonheur de l'air tiède, heureux quand le soleil me grillait. L'air sentait bon le lis, le chèvrefeuille, le peuplier. Les journées étaient très longues et toutes en heures changeantes où rien ne se passait. Je voulais bien maintenant devenir un vieil homme, un paysan assis sur un banc de pierre, fumant sa pipe, pareil à celui que je rencontrais le soir quand je ramenais les vaches face au soleil qui dorait la plaine, embellissant même la poussière. Je voulais bien être assis à la même heure dans une vie où chaque jour ressemblerait à l'autre.

V

Exode

J'avais pu reprendre place dans la mécanique. René était sorti presque guéri d'un sanatorium. Mais Hélène n'allait pas. C'était une jolie créature, mais elle restait frêle, sans forces. Mon père venait de quitter tout travail. Nous avions touché des indemnités pour le mobilier de Maidières détruit ou pillé pendant la guerre. Mon père croyait pouvoir vivre des années sur cette petite somme, mais périodiquement dans ses moments d'embarras, ma mère y prélevait un billet de cent francs. Le capital ne fondait pas très vite, mais il fondait. Mon père s'en montrait inquiet. Il eut envie de sauver son petit magot. Nous étions tous grands, mais il était dur à ma mère de songer qu'elle allait nous quitter comme le voulait le père pour aller vivre à Lunéville avec lui, près de ma sœur aînée.

Les parents nous abandonnaient à nous-mêmes. Mon père préférait vivre près de sa fille et de ses petits-enfants. Il aurait des lapins, un jardin, un cochon, et, croyait-il, une vieillesse tranquille et insoucieuse. Nos répliques le fatiguaient. Il n'avait jamais aimé les idées que Lucien avait apportées parmi nous.

Un jour les parents partirent. Hélène prit la place

que laissait ma mère. Tant qu'elle fut là, la maison ne me parut pas trop triste. Ce qui restait de la nichée garda un centre. J'étais devenu compagnon, je commençais à mieux gagner ma vie. Jeanne et René travaillaient. Je continuais à me bourrer de lectures. De la sorte, je vivais en rêve. La vie autour ne me semblait pas encore la vraie vie. Je croyais n'être enfermé que dans du provisoire. J'espérais voyager, en connaître une autre, la vraie, sortir des pays industrialisés. En attendant il y avait celle des jours de fête et du dimanche, les sorties des jeunesses libertaires. Filles et garçons, frère et sœur ou camarade, partaient ensemble sac au dos, en sandales, soulevant la curiosité. Le camping n'était pas encore devenu un besoin général de la jeunesse des villes. Quand nous avions couru, joué, marché pieds nus, pris le grand air, respiré dans les bois, quelle amertume le dimanche soir au retour vers la vie ordinaire de la semaine !

Je connaissais trop les jeunes filles que je rencontrais là, les amies d'Hélène qui, elle aussi, sortait avec nous. Même très belles, je n'aurais pas pu en devenir amoureux. Elles n'avaient rien de garçonnier, pourtant elles n'éveillaient que des sentiments de camaraderie. Tout en les estimant, je les voyais trop familièrement pour être curieux de leur corps. J'attendais celle à laquelle je n'aurais jamais parlé et que je verrais pour la première fois. Elle vint un jour dans nos sorties. Blonde, les traits durs, svelte, assez grande, elle ne me semblait pas d'un visage admirable. Je la regardai à la dérobée. De suite, j'aimai sa démarche gracieuse, ses épaules, la courbe de sa nuque, sa gorge nerveuse, sa voix un peu rauque et son air de sauvagerie. D'instinct, j'évitai la conversation qui pouvait nous rapprocher, nous rendre camarades, nous rendre ordinaires l'un à l'autre.

Je ne songeai plus qu'à elle pendant la semaine. Elle revint dans nos sorties. Nous partions le samedi soir pour dormir à la belle étoile, sous la tente ou sous du branchage. Les filles dormaient avec les filles au plus confortable.

Dans la journée, je n'avais jamais l'occasion d'être seul avec Henriette. Je désespérais, je ne voulais pas parler mais la serrer dans mes bras, et qu'elle comprît d'elle-même que je voulais être seul avec elle. Nous jouions à plusieurs. Elle se mit à courir longtemps, sachant que je la suivais. Nous étions descendus dans un vallon plein d'arbres et de fougères. Je la trouvai cachée sous des noisetiers. Assis près d'elle, frémissante de sa course, j'attendais d'avoir la force de rompre le merveilleux silence, de lui dire « je vous aime » ou de lui saisir les mains. On nous appelait au loin. Elle ne répondait pas. Elle prit une herbe longue à sa bouche dont je pris l'autre bout, en la mâchant lentement jusqu'à ce que nous soyons lèvres à lèvres. Je sentais sa douce chaleur me pénétrer, dans mes mains la coulée de ses reins flexibles, émerveillé par ce premier contact avec la femme. Imbécile ! Autrefois j'avais voulu mourir. La vie tient plus qu'elle ne promet. Elle me comblait. J'enlaçais, j'embrassais Henriette, je la respirais, troublé, fiévreux, mais sans hâte à poursuivre plus avant les gestes de l'amour.

On nous appelait. Nous étions revenus au camp.

Hélène m'observait. J'essayais de cacher mon bonheur.

J'avais dormi près d'un copain sous un abri de branches dressées contre un tas de bois. Le matin, il pleuvait doucement. Henriette avait quitté sa tente pour entrer sous notre fragile abri. Malgré une pèlerine, il pleuvait sur nos genoux, nos têtes. Le bois sentait bon dans la pluie, mais la chevelure d'Henriette davantage. Il fallut se séparer, s'approcher d'un feu dans une ferme, se sécher. J'étais sans hâte de la posséder, malgré les ardeurs de mon sang. Je craignais de l'effaroucher par un excès de vivacité, mais aussi d'arriver trop vite aux gestes de l'amour, que pour moi un premier contact avec la prostitution avait rendus repoussants.

A la sortie suivante, Henriette boudait, fuyait mon approche. Je ne sus pas pourquoi. Peut-être lui avait-on fait croire que j'étais poitrinaire comme René ou Hélène qui venaient à nos balades. Je n'y songeais pas. Elle me fuyait. J'étais parfaitement malheureux. J'aurais voulu mourir.

Je travaillais dans un atelier noir et puant. Une bonne place. Je gagnais bien. Un travail facile : je remettais contre des jetons l'outillage nécessaire aux compagnons. J'affûtais les outils à la meule, et pour garder la main à la lime, je dressais quelques équerres, du petit outillage qui me servirait. C'était l'été. La ville était sulfureuse, charbonneuse, l'air aciéré, la chaleur de plomb. A l'étau, je ruminais ma peine, plongé dans ma rêverie comme un somnambule. Je dressais mes équerres avec obstination en me répétant : « Il faut mourir. » Le corps est moins fou que l'esprit. Mes mains continuaient d'agir dans une vie qui ne me portait plus.

René travaillait à la campagne. Hélène était partie se soigner dans le Midi. Le nid se vidait. A ma petite table, dans ma petite chambre avec la fenêtre sur la courette à pipis, la vue sur les toits noirs, j'écrivais des billets à Henriette. La rue, l'atelier, la table de nuit et le lit-cage, tout s'accordait harmonieusement à mon cafard. J'avais dix-huit ans. C'est l'âge philosophique. On veut des raisons de vivre. J'avais cru aux saints, au bon Dieu, à la Vierge Marie, à la révolution, au communisme libertaire, à un plan du monde auquel obéissait le « Progrès de l'Humanité ». Je devenais maintenant nihiliste, livré aux idées noires, élevé jusqu'aux hauteurs philosophiques du cafard, obstinément placé en face de mon néant parce qu'une fillette avait cessé trop rapidement de m'aimer. Je me voyais affreux, enlaidi, les traits tirés. Lavé, passé à la douche municipale, mon corps me paraissait n'être qu'un sac de peau misérable recouvrant d'affreuses fonctions. C'est cette horreur qui voulait être aimée. L'amour existe aussi chez les crapauds. Je me voyais sous la forme d'un bonhomme gros comme une fourmi, sur une terre guère plus grosse qu'une noix de coco et s'extasiant, adorant les bosses et les creux, chaque repli et les poils de la végétation, un petit bonhomme condamné à vivre dans l'illusoire, grotesque et obligé à embellir ce qui le touche pour supporter sa présence absurde, une vie qui ne répond à rien.

Quitter la vie, c'est un acte sérieux. Je voulais

réfléchir, ne céder qu'à des raisons mûries hors du chagrin. Gravement je voulais mener une enquête. Mais où trouver la concentration nécessaire? Suant d'angoisse, je n'avais que des idées de chien, des idées fuyantes. Jamais je n'avais été aussi sensible à l'horreur du décor urbain, à la laideur des petites rues industrielles. Je songeai qu'en étant berger j'aurais du temps calme, l'esprit moins diffus. Je voulais l'être en Algérie. J'avais un but, j'étais guéri!

A Marseille, la grosse voix du paquebot qui s'éloignait, puissante, vaste, mais triste comme une vache qui meugle après la perte de son veau, me pénétrait de son sentiment. Mon billet de pont en poche, une valise à mes pieds, j'avais tout le vague à l'âme d'un émigrant qui part sans compagnon pour l'Amérique. Voyager me remuait profond. C'était une mélancolie douce, pleine de souvenirs. Je reverrais les braves colons qui m'avaient accueilli comme réfugié, mon institutrice aux beaux yeux noirs, les copains d'école, la ceinture de mûriers de Yusuf, les collines bleues et la grande plaine embrasée de soleil. A tous les âges, on est plein de souvenirs importants qu'on perd en route. La nuit était venue. La lune éclairait le bateau ; le pont désert, beau comme un vaisseau fantôme avec ses mâts, me semblait pareil au squelette blanc d'un grand oiseau. Passager de pont, je m'étais assis sur ma valise pour passer la nuit. Des paquets de mer giclaient. Le corps mal en point, j'essayais de rester indifférent, stoïque. J'étais aussi heureux qu'un tirailleur qui revient de France, en respirant au large les arômes de la terre algérienne un matin.

Exode

A Yusuf, je sus que les bergers arabes ne gagnaient qu'un morceau de galette et une poignée de figues. C'était une année de sécheresse et de famine pour les indigènes. Des gardiens, accroupis dans leurs burnous, veillaient pour empêcher les leurs, les gens des douars qui souffraient la faim, de venir voler la nuit aux colons du village des poules ou des moutons.

Je ne devins pas berger. Je revins à Bône par le tortillard. On m'embaucha à la réparation des wagons et des coucous. La journée était de dix heures. Mon contremaître me fit conduire dans une pension à prix modiques. Chambrée à seau hygiénique, la nuit les pensionnaires en chemise chassaient les punaises à la bougie. D'autres se résignaient. Aux repas, quand je passais incidemment ma main sous la table, elle y raclait les croûtes de fromage qu'avait laissées l'essuyage des couteaux.

Je dus me réfugier ailleurs. Mais la pension peu élevée absorbait plus que ma paye. Je ne pouvais pas rester. A dix ans, je n'avais vu que le pays, les eucalyptus, les lauriers-roses, le soleil. J'étais passé près de la misère arabe sans la soupçonner. Maintenant, je voyais sur les quais les montagnards en guenilles qui chargeaient les cargos de phosphate. Ils vivaient sur le tas, nourris de tripes et de têtes de mouton. Je savais ce qu'ils gagnaient, rien, ou si peu pour un Français ! De l'atelier, je voyais la plage, la mer étalée, les vagues courir, l'écume. Dans les pays de soleil, c'est encore plus dur d'être enfermé.

Je ne tardai pas à revenir en France. Je n'avais pas vu que la misère des indigènes, mais aussi la beauté du monde arabe, les musiciens racés des cafés maures, les majestueux marchands du Mohab beaux comme des caïds, nobles comme des princes, calmes comme des lions. On les dirait en possession de toute la sagesse du monde. Leurs moindres gestes sont d'une distinction extrême, qu'ils fument le kif, qu'ils boivent le thé, qu'ils accueillent un ami. Ils sont l'image même de la sérénité.

VI

L'usine

De retour à Lyon, j'entrai aux usines Berliet de Vénissieux. Après les petits ateliers de mécanique, c'était mon premier contact avec la grande usine.

Les grandes usines de constructions mécaniques où la machine permet l'emploi d'une foule de manœuvres rapidement dressés, spécialisés, ont toujours besoin de main-d'œuvre professionnelle. Si une masse d'hommes sont devenus des robots du travail de série, une minorité de régleurs de machines, d'outilleurs, doit sans cesse élever son niveau de capacités pour répondre aux exigences du travail moderne. Mon apprentissage dans l'atelier archaïque ne m'avait pas rendu familier l'usage des machines qu'utilisent les ajusteurs. C'était mon côté faible. Mais je trouvai à l'atelier d'outillage où l'on m'avait admis après un essai, de bons compagnons disposés à m'aider au besoin. J'étais plus propre au travail purement manuel, plus à l'aise avec la lime ou la scie à métaux que si je devais recourir au travail des machines qui demande plus d'attention. Elles m'étaient un peu mystérieuses. Je n'avais pas assez le goût de la mécanique. Je n'étais à l'aise que dans la partie artisanale. Avec la meilleure volonté, je ne parvenais pas assez à me concentrer sur ma besogne. J'étais trop rêveur. J'aurais dû pouvoir me vider la tête.

Mon chef d'équipe était patient, paterne, un peu froid. J'aurais voulu plus de sympathie. L'habileté ne me faisait pas défaut, mais l'attention. Aussi, devant lui, j'étais souvent honteux d'un travail mal exécuté.

Pour cesser d'être manœuvre j'avais choisi au hasard un métier pour lequel je n'avais peut-être pas le fond d'aptitudes nécessaires, mais surtout je n'avais pas suivi la bonne filière.

C'était une bonne usine, de construction récente, bien conçue. Elle passait pour être un bagne. C'était assez vrai hors du régime encore privilégié des outilleurs. D'abord à cause de la rationalisation. Les fraiseurs, les perceurs, les tourneurs professionnels ou les manœuvres spécialisés, ce qu'on peut appeler les robots, ceux dont le travail de série est d'une désespérante monotonie, devaient fort se démener pour usiner le nombre de pièces qui leur était demandé comme production normale. Tout leur travail était chronométré. Chronométreurs, démonstrateurs luttaient contre l'ouvrier. En l'observant travailler, montre en main, le chronométreur paraissait compter loyalement le temps nécessaire à l'usinage d'une pièce. Après quoi, il fixait le temps valable pour toute la série. Si les gestes de l'ouvrier étaient gauches, trop lents, c'était au démonstrateur à lui faire sa leçon de choses. Le temps d'exécution du démonstrateur ou de l'ouvrier le plus habile, le mieux entraîné servait de base. C'était l'application bien connue du système Taylor. Inhumain, absurde, appliqué dans le sport, il exigerait du premier venu dans le saut, la nage, le lancement du disque, qu'il parvienne au record des champions. C'était ça qui donnait à l'usine une réputation de bagne d'abord, puis le nombre excessif de gardiens en casquette qui ne cessaient de circuler dans l'usine, poussant même la porte des cabinets ou jetant un coup d'œil par-dessus les box pour s'assurer que des ouvriers accroupis n'étaient pas en train de fumer. C'était rigoureusement interdit, même là où le risque d'incendie était inexistant.

L'usine était spacieuse. Une série de grands halls clairs avec de larges travées pareilles à des avenues. L'intérieur du hall n'était pas sans beauté par les proportions, la hauteur, la légèreté de la construction métallique. Les fumées montaient haut. Quand le soleil pénétrait, il jouait sur les teintes variées des bleus de travail. Le bruit des machines n'était pas trop assourdissant. On aurait pu arriver à le trouver musical.

Ce qui était triste, il me semble que c'est la tristesse fatale à la grande industrie. Ce qui était triste, c'était la foule du matin des bataillons ouvriers en marche vers l'usine, le long de ses murs, vers son portail. Qu'il pleuve, c'est triste. L'eau dégouline sur les pardessus, les parapluies, la foule des pieds dans la boue sent le papier de journal; elle est aussi triste que les faits divers qu'elle a lus. C'est triste encore quand il fait beau parce qu'elle va s'enfermer. Triste en hiver, parce qu'il fait noir le matin quand elle entre et noir le soir quand elle sort. Triste en été de s'enfermer dans une usine de banlieue qui touche à la campagne. Le train du matin qu'il fallait prendre sentait le vieux mégot, le schnik, le café crème, le soulier mouillé. Dans le noir du wagon, je reprenais un supplément de sommeil près des ombres transies. Le train filait dans cette banlieue d'usines à produits chimiques. C'était beau de temps à autre, en passant près des vitrages d'une fonderie violemment éclairée.

Dans l'usine, je voyais souvent passer en casquette, en blouse grise longue, marchant d'un pas pressé, maigre et le dos voûté, un bonhomme grisonnant aux moustaches pendantes qui ressemblait à un vieux quincaillier fiévreux. Il s'arrêtait pour discuter avec un contremaître sur l'usinage d'une pièce qu'il tenait en main. On le sentait pressé de courir plus loin. En me poussant du coude, un compagnon m'avait dit en me le montrant :

— Tiens, regarde ça, c'est Berliet.

Un des deux frères. Je ne sais plus lequel.

J'aimais mieux voir passer au milieu de l' « atelier » — un carré séparé du reste du hall par une barrière de grillage —, en blouse grise, tanguant sur ses pieds douloureux, le contremaître de l'outillage que les compagnons nommaient « Bouboule » parce qu'il était court, rond et obèse. C'était un bon gros.

A l'outillage, le travail n'était pas taylorisé. Il était varié, changeant. Plus qu'à son temps d'exécution, on devait être sensible à la qualité de l'ouvrage. Montages, matrices, calibres, déterminaient à leur tour la qualité de la série.

Bouboule savait ce qu'il pouvait attendre de chaque compagnon et des meilleurs, et à qui, bien que tous fussent très capables, donner le travail embarrassant ou délicat. Il existait entre lui et les compagnons un lien de camaraderie créé par l'habitude, l'estime professionnelle. Il était rare qu'un de ses outilleurs prenne son compte pour s'embaucher ailleurs.

J'avais pour copain — c'était lui qui m'avait fait embaucher — un tourneur que Bouboule estimait beaucoup. Les compagnons aussi. Il n'avait que vingt-six ans. Il paraissait plus que son âge, solide, le visage sérieux, la voix mâle avec le rude accent des gars de la Loire. Son apparence physique, ses capacités au travail disposaient en sa faveur. Le syndicat des métallurgistes était devenu un syndicat fantôme, mais certains compagnons savaient que Vacheron, mon copain, avait pris une part active à la vie du syndicat et au comité d'usine dans les dernières grandes grèves quelques années plus tôt. C'était pour eux une raison de plus de l'estimer, et, parce que j'étais son copain, on m'avait accueilli à l'atelier avec plus de sympathie. Vacheron était un homme, alors que je n'étais encore qu'un gamin. Il devint mon conseiller. J'admirais beaucoup qu'il pût mener notre vie qui me semblait si morne, si machinale, sans souffrir d'ennui ou de désespoir. C'était l'hiver. J'étais malheureux pour toute la saison. Vacheron avait une solidité d'âme que je n'aurais jamais. Je n'étais pas assez fort pour vivre seul. La déception avec Henriette m'avait marqué. Je ne retrouvais pas l'équilibre. Certains matins, quand mon réveil avait sonné, je ne me levais pas. Ma logeuse avait préparé un bol de café crème. Elle s'inquiétait, frappait à ma porte. Je répondais n'importe quoi et je demeurais dans un demi-assoupissement, à imaginer des paysages à volonté. Quoi que je fasse, quand j'avais mené un mois de vie régulière, la tristesse me rongeait. Je m'ennuyais à vouloir mourir. J'étais décidé. Mais quand j'avais signé mon arrêt, en n'allant pas au travail, je guérissais. J'étais apte à nouveau, frais, dispos si, pendant deux ou trois jours, j'avais lu et marché, tiré mes facultés de leur torpeur. Je redevenais alors capable d'aller à l'usine, que je croyais avoir fuie définitivement.

Bouboule ne me fit jamais d'histoire. Chaque fois je revenais, pensant être congédié. Il acceptait mon irrégularité. Je ne voulais pas mentir et m'expliquer vraiment, c'était trop difficile. A sa question : « Pourquoi que t'es pas venu », un peu confus, je répondais, sans plus de détails : « Ça n'allait pas. »

C'était absolument vrai. Quand je lâchais pied, ce n'était jamais de bon gré, mais à bout d'une vaine résistance contre le mal qui me rongeait, le mal des adolescences difficiles. Beaucoup de jeunes gens paraissent y couper. Les adultes que je connaissais me semblaient n'en avoir pas eu l'expérience. Je ne pouvais pas m'expliquer avec eux. La médecine a un mot, neurasthénie, la langue courante un autre, le cafard. C'est très vague. L'un tient de l'autre, le dernier est moins grave. C'est un état passager. Le colonial en proie au cafard, boit un coup, rentre ivre mort et, le lendemain, se trouve guéri. Pour d'autres, il suffit d'un coup de cinéma, d'un film qui donne pâture à leur imagination, change leurs idées.

Je traînais le mien longtemps. Quand je lâchais pied, j'étais à bout, je voulais mourir. J'avais trop vu les murs de l'usine. Chaque journée recommençait les mêmes affres. Je ne payais pas le pain que je mangeais de sueur, mais de tristesse et d'ennui. Plus encore à l'usine qu'à l'école, je souffrais d'être enfermé. J'avais sur le dos un carcan pour toute la vie : gagner mon pain en travaillant.

VII

Vacheron

Mon morceau de pain, mon plat de lentilles, de haricots, à la cantine de l'usine, mes vêtements, ma chambre, je les payais de la liberté. Quelle vie morne ! Chaque jour la même chose. Le train matinal, à la descente, le moutonnement des dos dans le petit jour, la même odeur, dans le vestiaire, un peu croupie, de serviette mouillée, de savon noir et de bleus de travail, le même bruit des petites portes de fer quand les compagnons refermaient leur placard. La silhouette usée du vieux manœuvre qui balaie. Le hall, l'étau, le tiroir, les poignées de main machinales « Bonjour, ça va ? Oui, très bien. » Les moteurs démarrent. On est dans la même journée qu'hier et que demain.

Je regardais, en leur disant bonjour d'un signe, les gars de l'équipe des calibres, isolée par un grillage. Tous de fins ouvriers, ils grattaient le métal, les calibres d'acier trempé, avec une petite pierre indienne qu'ils mouillaient dans le pétrole quand elle s'encrassait. Leurs mains ne faisaient qu'un petit mouvement de va-et-vient. Ils accomplissaient un travail d'une extrême précision. Leurs calibres iraient dans les mains des tourneurs, des rectifieurs, pour le contrôle des pièces usinées en série.

Je me voyais derrière cette cage grillagée plus tard, leur ressemblant comme ils se ressemblaient, grands ou petits. Tous les visages étaient intelligents, mais les corps ne vivaient pas, empâtés par l'inertie de leur travail. Ils paraissaient bien portants mais lymphatiques. Les gros avaient du ventre, et les maigres les joues pleines de la même graisse blanche. Dans chacun de leurs gestes, car depuis longtemps leur travail n'exigeait d'eux aucune tension, il y avait de l'ennui, mais de l'ennui accepté, digéré. Aucun d'eux n'avait envie de devenir terrassier pour retrouver la vie du corps.

Je le savais avec les yeux. Dans la vie ordinaire, on ne va pas très loin dans les confidences. Qui parle sa vie ? Personne. On dit « ça va » même quand ça ne va pas. « Ça va » arrive après « bonjour ». Je regardais assez souvent les calibristes. L'un ou l'autre me rendait mon regard avec un sourire de sympathie. Sans le vouloir, on se souriait comme ça vingt, cinquante fois par jour, sans insistance et en restant dans la besogne.

Dans la matinée, les compagnons ouvraient leur tiroir et mangeaient leur casse-croûte sans interrompre leur ouvrage, à la dérobée. Ils l'arrosaient d'une petite fiole de vin. Le fumeur qui languissait partait aux cabinets rouler une cigarette et lire les faits divers de son journal pour se donner des idées qui l'occuperaient.

Je ne pouvais pas prendre si aisément l'ennui en

patience. Dans l'ensemble, les ouvriers de l'outillage, à part les calibristes, étaient assez absorbés par l'intérêt changeant de leur tâche, tout en ayant besoin, eux aussi, de la cigarette clandestine, de la lecture du journal et des minutes de conversation aux cabinets.

Dans le vitrage on entendait moins le bruit de l'usine. On se dessaoulait là sans le savoir de ce ronron étourdissant. Le bruit saoule, abrutit, et l'homme ne peut pas vivre sans lui-même, entièrement livré à la vie réelle, sans le secours de ses songeries. C'est aussi un animal. Il lui faut marcher, se délivrer de temps à autre de la station debout immobile devant l'étau ou la machine, remuer ses jambes, entendre le bruit de sa voix ou de celle d'autrui, parler même pour ne rien dire mais se libérer des toiles d'araignée de son silence à lui.

Les procédés en usage ne me délivraient pas, au contraire. J'aurais dû fumer comme tout le monde. Certains poisons sont nécessaires à la vie civilisée. Je n'étais pas fumeur. J'aurais dû boire du vin, manger du bifteck. Comme mon copain Vacheron, j'étais végétarien et buveur d'eau, ce qui ne l'empêchait pas, lui, d'être parfaitement dans son naturel avec la vie d'usine.

Même à Vacheron je ne pouvais me livrer. Dire ce qui m'arrivait c'était trop difficile, trop confus à moi-même. Au pire, j'aurais pu dire : « La vie est trop sale, je n'ai pas envie de vivre. » Je l'admirais d'être toujours égal à lui-même, d'être moralement solide, peu bavard, plutôt grave que gai. Quand, après une absence de l'usine, je revoyais Vacheron — c'était mon guide et aussi mon juge —, j'étais gêné.

— Alors t'es pas venu ? T'es pas sérieux.

Il ne me blâmait pas davantage. C'était article de foi pour lui que chacun est libre de faire comme il lui plaît. A lui comme à Bouboule, je répondais :

— Ça n'allait pas.

J'aurais bien voulu lui ressembler, je m'en voulais que ça n'aille pas, je me méprisais.

Je savais peu de chose de sa jeunesse. Sans doute elle avait été plus paisible. Lui m'avait dit un jour :

— Tes parents sont partis, la maison doit être triste. Tu ne devrais pas rester dans ta petite piaule de la rue de la Part-Dieu. Ma compagne revient, je vais changer de domicile. Je quitte une chambre assez coquette, elle te conviendrait. Il ne faut pas vivre dans le tocard, c'est déprimant.

Il m'avait présenté à sa logeuse. Elle regrettait son locataire, ponctuel, rangé, soigneux. Je ne cirais pas si bien mes chaussures. Je rentrais tard souvent. Elle craignait de trouver mon nom dans la lecture des faits divers.

La chambre ne m'avait pas changé. Vacheron ne sortait guère le soir que pour se rendre à des cours professionnels, dessin, coupe d'outils. Dans le train il étudiait la trigonométrie.

— Il faut être un bon professionnel dans un atelier, on défend mieux sa dignité, me disait-il.

Il était quand même travaillé par le désir de quitter la vie d'usine. Comment ? Il savait qu'il y arriverait. Plus tard, sa vie assise dans une situation matérielle plus favorable, il aurait le loisir de lire beaucoup. Jusque-là, il se contenterait d'étudier ce qui pouvait lui être utile dans son métier. A sa manière, c'était un rêveur. Il avait pris dans les milieux avancés une sorte de nostalgie du savoir et de l'intelligence. C'était un autre article de foi pour lui que tout ce qu'un homme peut apprendre élève sa pensée et son caractère. Il aimait les noms des grands hommes, depuis Socrate jusqu'à Tolstoï, sans connaître leurs œuvres : il n'avait pas eu le temps. Ce qui le désolait, c'est que les copains de boîte et les ouvriers, à part quelques zèbres, n'avaient pas les mêmes aspirations, cette ferveur pour l'éducation, la sagesse, la lumière, dont dépendait le progrès social.

Ce fils de mineur, ce militant des grèves de 1920, ne croyait plus à la révolution, au communisme libertaire, mais seulement à l'éducation. Il voulait maintenant faire son chemin, arriver à une situation.

Pour le moment, c'était le meilleur tourneur-outilleur de l'atelier. Il avait le salaire maximum. Dans le métier, les compagnons ne se jalousent pas, ils s'épaulent. Quand un autre professionnel était dans l'embarras, pour une opération à faire ou un calcul, il s'adressait à Vacheron. Les pièces qu'il sortait du tour ou de la rectifieuse étaient toujours d'un fini irréprochable. Il y avait en lui, près de son tour, dans sa bonne poignée de main, pas de la joie, c'est un mot trop fort, mais le contentement d'un homme qui travaille bien et qui, tout en travaillant, n'a pas l'esprit en chômage.

C'était un individualiste, mais non pas un débrouillard. Il voulait faire son chemin, mais n'aurait pas accepté, même avec avantages personnels, la place d'un démonstrateur ou d'un chronométreur obligés à une certaine dureté avec le matériel ouvrier.

Dans le train, Vacheron m'enseignait la géométrie. J'avais un petit traité, des cahiers où il me posait des problèmes. Dans ma chambre, c'était mon occupation du soir d'étudier et de répondre. Le matin, je lui présentais mes cahiers. Ces occupations raisonnables, cette nourriture froide ne m'avaient pas changé non plus.

L'individu n'est pas un but à lui-même. Si la vie de l'homme enchevêtrée à celle de la femme peut être parfois pénible, la vie sans amour, sans femme, donne à celui qui la vit le sentiment que son existence est absurde. Il faut que la douleur d'usine profite à quelqu'un qu'on aime, la mère, les enfants ou la femme. La vie est inacceptable si l'on ne souffre que pour soi-même. Pour vivre sans femme et mener l'existence d'usine, il faut plus que le travail, la camaraderie au travail, les amitiés, il faut la communion dans une cause vivante, cette camaraderie des militants dans les périodes de foi révolutionnaire, avec ce sentiment qu'une existence engagée par l'espoir et par la lutte est utile, qu'elle n'a plus à essayer de se justifier.

Le travail ne justifie rien. Le travail justifie le charron dans un village. Incontestablement il voit les services qu'il rend. Il justifie l'artisan, le menuisier, le plombier, l'ébéniste qui voient la tête de leur client. Il ne justifie pas le travailleur de la grande industrie qui produit pour la guerre ou pour les besoins de luxe de la classe privilégiée, qui produit une pièce en ignorant où elle va dans l'ensemble de la machine.

On peut supporter sa vie sans la justifier, mais pas seul. C'est trop pénible. Il faut une mère, une femme, des enfants, être dans des liens, cesser de réfléchir. La solitude sentimentale ne convient qu'à l'homme usé.

Les hommes qui vivaient près de moi étaient, pour la plupart, mariés. Les autres avaient tous plus ou moins des aventures. Aimer une femme ou coucher avec, c'est toujours très important, même dans l'habitude et la banalité.

Vacheron était beau gars, assez grand, large, solide. La culture physique avait contribué à son développement. Il la conseillait. Mais ce beau gars s'était épris d'une prostituée qu'il avait tirée de son bordel pour vivre en bon compagnon avec elle quelques années plus tôt. C'était peut-être une tentative de sauvetage. Elle n'avait pas réussi. La femme était retournée à son ancienne vie. Puis elle était revenue à lui. Elle était repartie. Elle était revenue. Elle promettait de changer définitivement d'existence. Il se laissait prendre. Elle repartait. Rien ne perçait de ses déceptions. Dans le train, il lisait Epictète. Peut-être pour s'affermir davantage.

Je ne l'avais vue qu'une fois venir l'attendre le soir à l'arrivée du train de Vénissieux. Deux dos, un parapluie. Lui non plus ne pouvait vivre comme un triste célibataire. Mais il se supportait avec une apparente égalité d'humeur.

J'étais dans l'usine comme un chien qu'on a enfermé

à l'âge de son exubérance. La faim sexuelle ne tient pas qu'aux entrailles, elle tient tout le corps. J'étais tout entier livré à l'instinct, j'étais encagé. J'aurais voulu courir, être libre, jusqu'à ce que j'eusse trouvé la femme que j'aimerais. Mon travail ne m'intéressait pas, il n'était pas l'essentiel. Je n'arrivais pas à me tromper avec, à tromper l'instinct. Je n'arrivais pas à me tromper avec l'amour qui se vend, avec la femme qui sent les autres, la poudre de riz du métier et la savonnette. L'amour devenait saleté et j'étais un peu plus dégoûté de moi-même. Mais il n'y avait pas que ça. L'idée de me faire un sort, de gagner une situation ne m'accrochait pas. Il faut avoir eu sérieusement et longuement la faim au ventre pour s'accommoder de seulement gagner sa vie dans une forme d'existence douloureuse et insipide. Ces années de 1919-1920, ces années de confiance et d'espérance exagérées m'avaient marqué. J'avais trop rêvé à la société future, je ne savais plus vivre dans celle-ci. Après le doute, les illusions libertaires m'avaient quitté par arrachement. Je restais pénétré de la légitimité des aspirations révolutionnaires, mais je ne croyais plus à leur réalisation.

Un rentier peut être un sceptique, un industriel être un réaliste persuadé de la nécessité absolue du salariat, de la division de la société en classes comme en nations, de l'existence nécessaire des armées permanentes et des guerres périodiques. Mais l'ouvrier persuadé que le salariat, le travail moderne sont l'équivalent de l'esclavage antique, est atteint fortement dans sa dignité. Il ne peut accepter sa condition qu'avec une foi profonde dans le progrès social ou la révolution.

Mon père était un résigné. L'usine lui semblait manquer de justice avec les vieux travailleurs. Ses chefs l'avaient irrité. Il avait vécu plus simplement sa vie de brave homme : un peu d'amertume, aucune révolte. Il n'avait pas eu besoin du bon Dieu pour affermir ses pas. Dans les moments de doute ou de fatigue, boire un peu plus ce jour-là lui avait suffi. Ah! que j'aurais voulu ressembler à mon père.

Les idées de Lucien m'avaient fait suivre un chemin, accomplir un travail d'esprit que beaucoup de jeunes gens ne font pas, pour leur tranquillité. J'avais cru et je croyais encore, comme Vacheron, au savoir et à l'intelligence. Je savais peu mais assez pour découvrir que la pensée est douleur puisque la mienne me tourmentait.

Les conseils de Vacheron que j'avais suivis, changer de chambre, étudier la géométrie, faire de la culture physique, restaient sans résultat. C'était l'hiver, la pluie, le brouillard, la saison déprimante. Périodiquement j'avais le cafard. Je tenais, je me cramponnais à la géométrie, à la lecture d'Epictète, mais il y avait un moment où, las de faire front sans résultat, je voulais me délivrer de cette vie absurde. Un matin je ne me levais pas. Les yeux fermés, je rêvais de nature. L'après-midi, je m'enfermais dans une grande bibliothèque. Les *Jean-Christophe* me renflouaient de poésie. Le lendemain c'était une balade de vingt ou trente kilomètres à pied. Et peu après je reprenais le boulot en me présentant à Bouboule. Guéri, délivré.

Vacheron avait quitté l'outillage. Une chance se présentait pour lui. Que peut devenir un professionnel de la grande industrie s'il ne quitte pas son métier ? Chronométreur, démonstrateur, régleur, chef d'équipe, plus rarement contremaître. S'il n'a pas derrière lui quelques années d'école supérieure, rarement les cours du soir lui donneront la formation suffisante. Il peut gagner un peu plus en passant dans la maîtrise.

Vacheron avait une chance exceptionnelle : on lui proposait d'aller au Caire représenter la maison Berliet dans un garage. Auparavant il devait passer par tous les services de l'usine, fonderie, usinage, réparations, essayage sur la piste, connaître tous les détails de la production, et parfaitement la conduite de la voiture. Ainsi il avançait dans la voie qu'il s'était tracée. J'étais content pour lui, c'était une chance qu'il méritait.

A Pâques, avec un copain, j'avais fait une randonnée au bon soleil d'avril, chantant à tue-tête, gueulard et torse nu, marché pieds nus, touché la mousse et l'eau des ruisseaux, vu les arbres en fleurs et les nuages. Une ivresse de deux jours. J'avais même croisé Henriette en promenade avec ses sœurs, un groupe d'amis, revu aussi les branches mortes, le tas de bois où sous la pluie j'avais respiré sa chevelure mouillée. J'étais guéri, je voulais l'être, d'elle et de l'amour. On ne m'y reprendrait plus. Je deviendrais fort, je serais terrassier, docker, je courrais le monde, les épaules larges. La vie m'apparaissait pleine de possibilités. J'en avais assez d'être « werthérisé ». L'amour qui m'avait fait mal m'avait rendu plus sensible à la poésie. La beauté de la nuit est moins dangereuse que celle de la femme. Je me saoulais à entendre chanter les insectes, chaque motte de terre vibrer. Je commençais même à comprendre l'artifice, rebutant jusqu'alors, du langage de la poésie, les vers, Verlaine. A la bibliothèque, j'avais copié les *Romances sans paroles,* en reproduisant le portrait du poète, très fier de montrer ça un matin à Vacheron.

Depuis Pâques, j'étais décidé à partir, à quitter l'usine de Vénissieux, Lyon. Comment m'expliquer avec Vacheron, donner un tour raisonnable à mes projets. En m'en allant, je quittais la chance de pouvoir devenir là un bon outilleur. Il me le dit.

Je partais pour Paris; Vacheron me conseilla encore, si je n'avais pas le goût de la mécanique, d'étudier le dessin, la peinture, de m'y appliquer autant que lui dans son métier.

J'étais parti.

Vacheron essayait sur la piste une voiture sans carrosserie, chargée de grumes de fonte. La piste était mouillée, la voiture capota. Ecrasé par les grumes, Vacheron mourut sur le coup. C'est ce que m'écrivait huit jours plus tard un copain de l'outillage.

VIII

Adrien

Mon frère Adrien, notre aîné, avait vingt-cinq ans de plus que moi. Il était déjà marié à ma naissance. A Maidières je l'avais vu le dimanche quand il venait chez mes parents.

Il venait de Bozeville, un bout de cité ouvrière aux maisons de brique toutes pareilles. Pour être chez nous, il n'avait qu'à traverser quelques champs. Il arrivait, une fillette à la main, l'autre sur le dos. C'était déjà un père de famille quand je me rappelle l'avoir connu. Son aînée avait mon âge. Ma mère l'appelait « notre gros ».

Pendant la guerre de 14, je ne l'avais plus vu qu'en photo près d'une cagna, une roulante, avec des territoriaux barbus, moustachus. Il ne paraissait pas bileux. Après-guerre il était revenu prendre sa place à l'usine de Pont-à-Mousson. Nous n'avions pas vécu ensemble. Je ne l'avais presque pas vu pendant dix ans. Les moustaches grisonnantes, je retrouvais le « père Tranquille » d'autrefois. Les nièces et les neveux avaient poussé d'un mètre et plus. Je me demandais si Adrien pourrait me prendre encore pour son frère, moi qui avais plus changé que lui.

J'étais chez lui, il me souriait comme s'il m'avait quitté la veille. J'étais chez lui, chez nous, bercé confusément par du temps ancien, un accent, des tournures familières, des rappels de Maidières, et j'étais là comme si je n'avais jamais cessé d'entendre le tic-tac de la même horloge.

Comme la vie était paisible chez Adrien ! Je demeurai chez lui quelques mois, j'aurais pu ne jamais m'en aller.

J'étais entré à l'usine où mon père avait travaillé quarante ans, lui, Adrien, déjà plus de trente, et tous mes frères quelques années. Deux enfants d'Adrien y travaillaient eux aussi.

J'étais à l'atelier de réparation et d'entretien comme ajusteur. C'était un bon poste. L'usine payait mal. Je gagnais moins que la moitié du tarif en vigueur à Lyon ou à Paris, autant pourtant qu'Adrien manœuvre et père de cinq enfants. Quand j'avais payé à ma belle-sœur ma pension très modérée, il ne me restait qu'un peu de monnaie. Une douche, une coupe de cheveux, un livre, et mon avoir disparaissait.

Notre travail était sale, peu pénible, très libre. Par équipe de trois, les ajusteurs démontaient une machine dans un hall ou dans l'autre, marchaient dans toute l'usine chargés d'un palan et d'une sacoche d'outils. Les halls étant très espacés, nous étions souvent en plein air, dans un paysage semblable à celui des gares de triage. J'essayais de ne pas voir où j'avais les pieds pour regarder les collines avec les crêtes où commence la forêt, pour regarder les nuages disparaître. Chez nous le ciel est très mouvant. Nous étions dégueulasses de la tête aux pieds, comme tous les ouvriers de fonderie.

De temps à autre, quand je passais de son côté, j'allais voir Adrien. Il ne faisait pas chaud dans son coin, quand la bise soufflait en chahutant les tôles de son hangar. Ses moustaches sortaient d'un cache-nez qui lui enveloppait les oreilles. Des tricots, un chandail gonflaient sa veste. Il fallait bien ça pour tenir dans ces courants d'air. Des tourbillons ramenaient la poussière. On en prenait plein les yeux. A sa perceuse, après avoir fixé une pièce sur le plateau, il enclenchait l'automatique et laissait faire. Nous causions, les paupières en veilleuse contre les rafales de poussière, le dos au feu, un bon cubilot. Je déposais ma sacoche. Il me tendait sa blague à tabac toute noircie par le frottement des poches. Il tirait un briquet à mèche d'amadou pendant qu'il s'amusait à me voir rouler une cigarette. Je n'avais pas l'habitude, ça se voyait. Je m'étonnais même de faire à mon tour ce geste des hommes, trop vite. Hier, la veille, j'étais le petiot, j'avais porté la soupe à mon père, aujourd'hui je dépassais Adrien d'une tête. J'avais grandi d'un coup et j'étais à l'usine, désenchanté d'être arrivé déjà dans le monde dur et sans illusion des adultes. Je savais maintenant qu'on est sur la terre pour gagner seulement sa croûte, que la vie ne répond pas à cette attente de merveilleux qui donne aux enfants envie de grandir plus vite. Je fumais l'âpre remède, la cigarette de gris, pensant que j'y trouverais aussi la résignation des camarades, le sourire et la tranquillité d'Adrien.

C'était un brave homme. N'importe qui pouvait l'aimer. Entre nous il y avait ma mère, et c'était elle que je retrouvais près de lui. J'aimais sa voix, son parler traînant, sa bonne humeur sans exubérance, tout ce qui pouvait faire dire à son compagnon, un Polonais : « Adrien, c'est un bon gars », dans une vie où les bons gars ne font pas de bien, et les gros méchants pas plus de mal, dans une vie où les hommes s'aiment non pas pour les services qu'ils se rendent mais pour leur caractère, l'affection, la bienveillance qu'ils se manifestent, pour ce qu'ils sont intérieurement, avec leur fond incommunicable de songeries, ou pour leur courage journalier devant la vie. Du passé que nous n'avions pas vécu ensemble nous liait pourtant, la vigueur des liens du sang me surprenait. Chaque fois, je le quittais rasséréné par les quelques minutes que nous passions ensemble.

Un jour, abandonnant sa perceuse, il m'emmena voir la dernière curiosité de l'usine, une machine américaine. Elle remplaçait les bras d'une cinquantaine d'hommes. Elle moulait de gros tuyaux pour l'eau et le gaz, ces tuyaux qu'on voit badigeonnés au goudron dans les tranchées des villes. C'était un grand manège. Une grue distribuait dans son rayon la fonte en fusion d'une grosse poche dans les moules debout. Dans la poussière de la sableuse, la chaleur, un homme guidait la manœuvre au centre du manège, de sa place d'enfer.

Adrien m'avait dit :

— Tu vois, l'usine n'aura bientôt plus besoin de nos bras. C'est le Progrès !

C'était un mot qu'il n'aimait pas. C'était le « Progrès » qui empoisonnait la rivière où les eaux sales de l'usine dégorgeaient en faisant crever tout le poisson. Il était dur avec le progrès.

Il y avait, sur la colline de Mousson, un château féodal tout en ruine, un château du temps des seigneurs, comme on dit là-bas. En tournant la tête, je le voyais de l'usine, en me demandant parfois si nous n'étions pas mieux en ce temps-là. Pour avoir une paire de brodequins aux pieds, un pardessus, quelques chemises, une paire de souliers fins le dimanche, pour avoir un abri et manger des potées de choux au lard ou des lentilles, boire un peu de vin, élever aussi des enfants qui reproduiraient leur vie, les hommes du feu, des hauts fourneaux, les démons noirs, les mouleurs, les fondeurs, trimaient plus durement que les serfs du passé au profit des barons du fer, nos nouveaux maîtres. Le courage à vivre de toute une lignée de serfs dont j'étais le chaînon aboutissait à cette vie d'usine, tout le sang de la famille était du sang d'usine, et les enfants d'Adrien continuaient là la vie de leur père et de leur grand-père. Jamais je ne voudrais avoir le courage de fabriquer du sang pour l'usine. Je songeais ainsi en démontant une machine en plein air, dans la torture du froid, quand la clef à molette ou le levier gelés brûlaient les doigts. L'hiver est dur chez nous.

Pourtant je m'habituais à l'usine parce que j'étais bien chez Adrien. Le pays m'avait rendu l'âme plus tranquille. Je ne manquais plus jamais, j'y allais même le dimanche matin quand on nous le demandait. J'étais mieux de vivre en famille. Le soir, c'était doux, la lampe à pétrole, la présence des enfants, la bonne tiédeur du foyer quand dehors il neigeait. Ça ressemblait à chez nous autrefois. Adrien, avec sa casquette à visière de cuir, une marinière, une vareuse grise, son pantalon de velours, la tenue des ouvriers en semaine, avec sa corpulence de bon ours, ressemblait même à mon père. Mais il était gai le soir, gai sans rien dire, gai en roulant sa dernière cigarette avant de se coucher. C'était une bonne nature de pêcheur à la ligne, au fond toujours paisible, toujours calme, comme les hommes à chapeau de toile au bord des rivières, en été, qui aiment plus la pêche que le poisson, le silence qu'il faut observer, un prétexte pour être immobile et regarder l'eau couler, pendant que les peupliers lâchent des flocons sur leurs épaules. Le brochet ou la carpe qu'ils ramènent, quand ce n'est pas qu'un goujon, ne fait que justifier leur penchant contemplatif, leur amour des songeries devant l'eau.

En hiver, Adrien revivait les plaisirs que lui donnaient, l'été, quelques dimanches, au bord de la Moselle, avec ses fils près de lui, une bouteille de bière au frais. Son jardin l'aidait aussi à supporter l'usine et le long hiver. Il savait toujours que le beau temps revient. Tout passe, et de décembre on est en mai. Il y avait dans sa vie quelques arbres qu'il avait plantés, greffés le printemps avant et qui poussaient comme ses fils. En disant un cerisier, un mirabellier, les hommes de chez nous mettent de la tendresse. L'industrie ne les a pas séparés de la terre, ils savent encore comment tout se cultive, à quelle époque on peut semer le blé et quand le merle fait son nid.

Quand Adrien et sa famille étaient couchés, je restais encore un moment seul avec la lampe. Je sortais un livre, j'écrivais quelques lettres. Le sommeil me gagnait. Je ne bougeais de ma chaise qu'avec précaution. Le poêle continuait de dégager sa chaleur avec de petits éclatements dans la braise, j'entendais le tic-tac du réveil, le souffle des dormeurs, ce n'était pas la triste solitude de l'hôtel ou des petites chambres meublées. J'ouvrais la porte pour voir les étoiles et connaître le temps du lendemain. Il neigeait. La neige avait couvert les empreintes des derniers pas et la cité aux maisons de brique était aussi belle que n'importe où, en Norvège, un village de bûcherons. L'hiver est long, mais je ne pensais plus qu'au printemps. C'est quand on est plus jeune qu'il est le plus beau. Je voulais revoir un printemps d'autrefois. Je pensais, plus qu'aux femmes et à l'amour, aux cerisiers des coteaux, aux senteurs de la forêt. L'enfance, quand je n'étais pas à l'école, avait été une fête. J'irais chercher dans la forêt de Maidières, le « jolibois », cet arbrisseau qui fleurit déjà quand les noisetiers n'ont que des chatons et que les hêtres n'ont pas encore de bourgeons, tout rouge avec des fleurs petites. Pas beau si l'on veut, mais tellement odorant que pour un bouquet dans une chambre, il faut laisser les fenêtres ouvertes. Tout le sol y est, avec les mousses, le terreau, le muguet. Le printemps a bondi dedans sans attendre la fin des gelées et il a une autre vigueur que dans les pays de soleil où les saisons se mélangent.

A me promettre le printemps, j'étais tranquille comme Adrien. Mieux encore, je me promettais d'être un peintre du dimanche, de peindre des vaches, des prés et des nuages si je pouvais. J'aurais deux vies absolument séparées, la vie intérieure et la vie pratique. A l'usine, je ne promènerais qu'un fantôme. Ça pouvait aller. Déjà, j'étais devenu le pays, sa lumière grise, ses traînées de nuages, ses monceaux qu'engloutissait la forêt. Le ciel avait une grande importance, même dépeuplé de tous ceux qu'autrefois j'avais trouvés dans le vitrail de notre église, vivants, saint Joseph, les apôtres et les anges, Marie la Mère, quand je portais des culottes courtes. Autant j'avais voulu avancer vite, savoir, autant j'aurais voulu revenir en arrière dans une vie qui ne changerait jamais et où les parents qu'on vous donne garderaient le même âge.

En semaine, à l'usine, avec ces allées et venues sur le dehors, ça pouvait aller. Je n'étais un peu triste que le dimanche, quelques minutes, en traversant Maidières, de voir les choses qui n'avaient pas changé, de les voir comme si c'était un rêve. A notre maison, il y avait toujours la plaque-réclame du bouillon Kub en rouge sur blanc. J'avais mal de ne plus pouvoir entrer chez nous. Qu'était devenue la petite aveugle qui tâtonnait les murs en montant l'escalier ? Les vieux Reny, nos voisins, étaient morts. Mes sœurs qui chantaient des romances étaient bien changées. Ma mère était devenue une petite vieille. Nous n'étions plus là. Je passais, lourd de savoir comme jamais la mort, la vieillesse et l'absence, dans une vie qui n'était pas vraie, mais comme celle qu'on a seulement dans le sommeil.

Une fois, en entrant au rez-de-chaussée dans la maison d'en face, un dimanche, en voyant un gars de mon âge vêtu comme Adrien en semaine, vareuse grise et pantalon de velours, assis devant une table avec un litre de rouge, un verre et un paquet de tabac gris (il ressemblait maintenant à tous ses grands frères), j'avais dit :

— Paul, c'est toi ? Je suis le Georges, tu te rappelles ?

Entre nous il y avait l'école, des gnons, des toupies et des billes. C'était mon meilleur ami. J'étais maintenant un étranger en face d'une grande personne, un homme marié mouleur comme son père. Plus rien entre nous que des nouvelles de nos familles. De son côté, beaucoup de morts, plus la sienne, celle de l'enfant dans l'adulte. J'étais tombé de sa poche comme un vieux journal. Nous n'avions plus rien à nous dire.

Le temps existait mieux avec Adrien. Beaucoup de familles n'étaient pas revenues dans le village évacué pendant la guerre. Des familles du Luxembourg et de Pologne les remplaçaient. Mais alors que je croyais que je ne reconnaîtrais plus personne (elles étaient mortes, les aïeules grondeuses), je rencontrais pareille à elle-même, défiant l'âge, une robuste octogénaire, toute droite et encore active, le même tablier sur elle et les mêmes rideaux de dentelle à sa fenêtre, et sur sa table les mêmes lunettes que ma mère, posées près du journal qu'autrefois elle lui lisait.

Je montais jusqu'aux bois. Trop vite, étonné. Les distances s'étaient raccourcies maintenant que le compas de mes jambes était changé. Je me retournais pour voir la vraie distance. Quel monde petit, mon univers! Un pré, les sapins noirs du cimetière, le clocher, les toits de Pont-à-Mousson et les tours des gazogènes de l'usine, les hautes cheminées et la Moselle.

Le Bois le Prêtre n'était plus qu'un lacis de boyaux et de tranchées. Le taillis avait poussé près des arbres déchiquetés. Il restait quelques îlots de hêtres, des bandes de mitrailleuses, des boîtes de conserve rouillées. Et en avant de cette désolation silencieuse, grise en hiver, le grand carré d'un cimetière de soldats, avec tous ses noms et ses croix.

Mais le bois de Maidières, tout près, n'avait pas tant souffert. Quelques griffes sur les écorces, c'était tout, des éclats, des balles perdues. Mais on ne voyait plus guère courir les lièvres, et les chevreuils avaient disparu.

J'entrais dans les cagnas, des postes de secours ou de commandement encore bien conservés. J'y trouvais l'angoisse des lieux que la vie a désertés. Je ne cherchais qu'une leçon de construction pour savoir faire plus tard ma maison à la hache si la fantaisie me prenait de vivre dans les bois. La vie s'était évanouie de tous les soldats que j'avais connus de près, les marins, les artilleurs. Je savais encore des noms, je me rappelais des voix, des bouts de chansons. J'entrais dans des huttes de bûcherons. J'avais un peu froid au bout des doigts, et j'étais seul avec mon souffle et sa buée.

Je ne songeais plus à compter les pas, la distance qui sépare la terre du paradis, mais les craquements, les chuchotements du vent dans les feuilles mortes, me persuadaient que la forêt avait une âme. Si le roitelet qui sautillait s'était transformé en bonhomme à barbe de neige, je n'aurais pas été surpris. A chaque instant, l'ancienne vie pouvait recommencer, la forêt verdir, ma mère tailler des piquets. La guerre, la mort, l'usine, il aurait pu me le dire, « c'était pas vrai ».

IX

En première

Sur le quai de la gare, quelques voyageurs en pardessus vont et viennent, hommes et femmes soigneusement mis pour le voyage, pour la saison, civils en uniforme d'automne.

Allégresse d'un temps pur, démarche légère des gens, la matinée est froide mais lumineuse. Des feuilles tombent des marronniers, la fumée des cigarettes demeure en suspens, à chaque bouffée, comme si elle était heureuse et peu pressée de se dissiper.

Je jette un dernier regard sur les hauteurs rousses des collines. Avant la guerre, la petite station de Thionville était gare frontière. Des employés et douaniers allemands se pavanaient dans des uniformes flambants; il est resté quelque chose de la correction prussienne dans la correction des civils qui vont et viennent, les hommes fumant et riant, les femmes s'observant.

Le train pour Paris vient d'Allemagne. Il arrive complet. Après une course le long des wagons de troisième, il est évident qu'il n'y a plus de place et qu'il ne reste qu'à sauter en première ou en seconde. C'est ce que je fais avec un groupe de voyageurs, sous l'œil du contrôleur qui paraît consentir.

J'ai passé la dernière nuit sous la tente, près du mur d'une minuscule propriété enclose. Aucun chien n'a jappé. Les bandes d'enfants de Maidières venaient là autrefois ramasser les premières violettes et marauder les derniers fruits. Depuis longtemps les violettes pour moi ne sont plus si belles, le trésor poétique de l'enfance s'est dissipé. Le miracle est de dormir sur cette terre, sous le beau tablier d'une nuit d'étoiles.

Au matin, je suis descendu du coteau en grappillant du raisin acide aux vignes frêles. C'était donc tout ça l'éden enfantin! J'ai pris un premier train, attendu la correspondance, et maintenant le train démarre pour Paris. Je m'y trouve ahuri de n'avoir plus à marcher pour avancer et d'être arraché soudain au pays qui, la veille, jouait avec moi.

J'ai quand même le sens hiérarchique, le wagon de première m'intimide. La rupture avec la poussière du chemin est trop brusque, me voilà jeté dans le confort avec un tapis sous les pieds; je ne suis pas à l'aise comme le serait un bohémien, et très vite je me passe les doigts dans les cheveux pour paraître correct.

Je suis tout de même entré dans un compartiment de gentlemen, après avoir traversé un nuage de distinction, heurté les pieds de l'armée, un sous-lieutenant parfumé, pour m'asseoir à la gauche d'un personnage rond qui paraît représenter l'industrie ou la banque.

Les gentlemen ignorent mon arrivée, comme j'ignore apparemment leur présence. Me voilà soudain assis dans un groupe d'armoires à glace. Ma présence offusque le décor. Mon coude gauche prend soin de ne pas heurter le coude droit de l'industrie. Est-il français, est-il allemand ? C'est le personnage important du compartiment. Je ne devine pas. C'est aussi difficile que de connaître la nationalité d'un coffre-fort sans marque d'origine. Il a des lunettes. Si j'en crois l'importance qui le gonfle, il a sous la main la police, le téléphone, une armée d'ouvriers, des vallées d'usines. Sur un carnet qu'il a sorti, il inscrit quelques chiffres avec son stylo-mine. Je suis assis près du veau d'or. En fait, il est plutôt rond et court comme un petit goret, rien de la bonne humeur des marchands de cochons américains, une tension à suer pour paraître respectable, imposant, distingué. Un bébé Cadum au visage rond et triste d'ange-comptable.

Tiens ! ça existe ces bêtes-là ! J'attends que me monte la force de leur rire au nez, de les tirer hors de leur rôle, de leur chatouiller le menton. « Oh là ! réveillez-vous. Vous êtes des produits du compte en banque, soyez donc des hommes ! »

Au premier arrêt, j'ai rejoint mon cadre naturel, le wagon de troisième. Je regagne Paris, ma boîte, la banlieue, la nature en cage, le petit chien à la mémère qui gueule toute la journée le dimanche, la benzine et le métro.

Mais je reviens plus fort et plus camarade. Je le sais. Si les copains de travail me demandent : « Où as-tu été ? » je ne pourrai leur dire que ce qui est indifférent : « J'ai pris le train, je suis allé ici et là, à Verdun et dans mon pays... »

Paris va sentir l'automne dans les avenues. Le train

roule vers l'énorme tache humaine. Après la nature maigre, il me semble comprendre mieux la ville, l'univers de l'homme, la seconde nature, les ruisseaux de lumière de la ville quand la neige et la nuit règnent sur les champs de choux.

x

Citroën

C'est avec effroi que j'entrai pour la première fois dans le hall de l'usine Citroën, de Saint-Ouen. En pénétrant dans le boucan formidable, je me disais : « Mon vieux, tu vas souffrir. Est-ce que tu pourras tenir dans ce vacarme ? »

Je voyais les autres, d'abord les traceurs dont le travail exige calme, concentration. Debout devant de vastes marbres, ils poussaient le trusquin, un trait, s'arrêtaient pour lire, sur de grandes feuilles bleues, les dessins, une nouvelle cote à reporter. Je voyais ça dans le bruit comme un tour de force, en m'étonnant aussi qu'un hall si bruyant, si agité, puisse être un atelier d'outillage. Comment faisaient-ils les fraiseurs, les tourneurs, les rectifieurs, pour ne pas perdre le nord ?

Les autres devaient être bâtis d'une matière spéciale, nécessaire à l'industrie. J'essaierais d'être fait comme eux.

Tout l'espace, du sol à la toiture du hall, était haché, occupé, sillonné par le mouvement des machines. Des ponts roulants couraient au-dessus des établis. Au sol, dans d'étroites travées, des chariots électriques se gênaient pour circuler. Il n'y avait plus de place pour la fumée. Des presses colossales, dans le fond du hall, découpaient des longerons, des capots, des ailes, avec un bruit pareil à des explosions. Entre-temps, la mitraillade des marteaux-revolvers de la chaudronnerie reprenait le dessus sur le vacarme des machines.

Je me répétais : « Mon pauvre vieux, est-ce que tu pourras vivre là, est-ce que tu seras aussi fort que les autres ? » serrant sous mon bras mon paquet d'outils personnels, joint à un casse-croûte dans un journal. Ce pain qui sentirait le fer me semblait bien dur à gagner.

Les équipes d'ajusteurs-outilleurs travaillaient au montage des matrices à emboutir et à découper, nécessaires aux grosses presses.

Dans le travail les équipes devenaient rivales, les compagnons se disputaient l'aide des ponts roulants, l'usage des petites meules pneumatiques plus dévorantes de métal que les plus grosses limes. Il n'y avait pas assez de machines à percer, le petit outillage manquait. Les matrices dont nous faisions l'assemblage pesaient souvent plus d'une tonne. Au moment de les essayer, les ponts roulants qui les soulevaient faisaient besoin partout à la fois.

On gueulait dans le vacarme pour séduire le conducteur dans sa cabine, en essayant d'exprimer par des gestes la détresse et l'indignation : « A nous, mon pote. C'est notre tour. Tu ne penses qu'aux autres. »

Dans chaque équipe la finition de la matrice sur laquelle travaillaient une dizaine d'ajusteurs pressait.

Les presses monumentales en avaient besoin pour entretenir leur mouvement de mâchoires. Si elles s'arrêtaient, c'était la paralysie dans divers secteurs de l'usine. Les voitures d'un modèle nouveau ne sortiraient pas à la date prévue. C'était aussi une grosse perte d'argent pour « Citroën ». Pressants, flatteurs, excités, les chefs en blouse blanche talonnaient les chefs d'équipe, nous tenaient en haleine, nous éperonnaient, toujours cordiaux. En se dépêchant il semblait qu'on leur rendait un service personnel. Jamais de menaces, leur insistance cordiale suffisait pour nous maintenir sous pression, rapides, fébriles, avançant la tâche autant que nous le pouvions. Pour ressaisir une meule pneumatique que l'équipe voisine nous avait chipée la veille, on se faisait plat, jovial, caressant, dans un échange hâtif de mots décisifs et de sourires, pour revenir avec victorieusement.

On parvenait à une vitesse de gestes étonnante. Ouvrir un tiroir, l'explorer, en retirer un outil, repousser un tiroir, ne prenait qu'un instant. On était déjà occupé à une perceuse. On agissait comme dans les films fous où les images se suivent à une vitesse extrême. On gagnait du temps. On le perdait à attendre la meule, la perceuse, le pont roulant. Ces trous dans l'organisation d'une usine qui passait pour fonctionner à l'américaine, c'était de la fatigue pour nous.

Plus encore que l'insistance des chefs, l'énorme tam-tam des machines accélérait nos gestes, tendait notre volonté d'être rapides. Le cœur essayait de s'accorder à la vitesse des claquements de courroies. Dehors l'usine me suivait. Elle m'était entrée dedans. Dans mes rêves j'étais machine. Toute la terre n'était qu'une immense usine. Je tournais avec un engrenage.

Le temps dans le hall passait vite. Midi atteint, avec un rapide mouvement de mâchoires, en un quart d'heure en prenant l'air de la rue, les compagnons dévoraient leur casse-croûte. Reprise jusqu'à deux heures et demie. Au coup de sirène les équipes partantes vidaient l'atelier. Au vestiaire, chacun raclant un peu de savon noir et le mêlant de sciure se lavait en hâte, vite essuyé, vite dévêtu de ses bleus d'usine. Les compagnons étaient rapides à fuir, à fermer leur placard, à tourner le coin de la rue, la casquette ajustée sur l'oreille, à filer vers le métro avec une petite valise de carton à la main. Hâte de marcher et de changer d'air, de se délivrer de là.

En les quittant, je serrais les mains d'une foule changeante, toujours hâtivement. Les poignées de main étaient distraites, machinales. L'usine embauchait. De nouvelles têtes apparaissaient. D'anciennes disparaissaient. Elles se ressemblaient à la sortie. C'étaient les mêmes faces blêmes, grises, comme si l'usine nous avait fabriqués, découpés avec ses grosses presses dans de la pâte industrielle.

Par roulement, une quinzaine mon équipe était de nuit. Les quinzaines filaient. Le temps, les saisons n'existaient plus. La nuit, le travail était moins fébrile, les chariots, les ponts roulants moins actifs. Dans de vastes carrés sombres, beaucoup de machines sommeillaient, les grosses presses souvent travaillaient au ralenti. Les chalumeaux crépitaient à la chaudronnerie en jetant dans le hall de grands éclairs bleus. C'était beau la nuit, l'éclairage, les parties d'ombre, des lumières isolées, un homme seul à sa machine. La vie était plus lente, les compagnons sympathisaient davantage, se voyaient. Nous redevenions là des êtres humains. Le hall malgré ses vitres, ses murs, communiquait avec la nuit, le grand repos de la terre. Mieux que dans la journée, je savais que j'étais au monde, bien présent, avec une certaine douceur à songer à la mort, plein de souvenirs qui se réveillaient, tout en ayant plein contact avec le moment. La beauté ou l'étrangeté de la vie m'apparaissait. Je jouissais des mouvements de mon corps, à travers lui du privilège de vivre, présent à la perceuse, au bruit de la mèche s'enfonçant dans la fonte, ramenant en tournant de la poussière grise, à la pression que j'exerçais, la main sur le volant poli de la perceuse, heureux d'être éveillé, d'être un corps qui travaille et qui songe.

Puis venait la fatigue. Sur les deux heures du matin mes forces déclinaient. Pompé, un brin hagard, quelques heures plus tard, quand les équipes de relève arrivaient, voix neuves, joues colorées par l'air du matin, je serrais des mains comme en rêve.

J'habitais Ménilmontant à l'hôtel, une chambre bien calme. En sortant d'un long parcours en métro, je marchais un peu sans rien voir de la rue, somnambule dans le jour déjà levé. J'entrais dans deux boutiques pour le pain et le lait en cachant sous mon veston la miche et la bouteille que je ramenais à l'hôtel. Avec la sûreté d'une machine, je comptais ma monnaie. Un timbre dans ma gorge disait « merci ».

J'arrivais au bout de mon rôle, du travail des gestes sociaux, fini, étourdi de fatigue. En poussant la porte de la chambre, l'amour, la vraie vie commençait, celle où je trouvais des raisons de supporter l'usine. J'étais sorti de la solitude.

Anna dormait encore. Elle se levait pour m'ouvrir. En l'embrassant je dormais debout, la tête lourde, la nuque douloureuse. Anna m'enlaçait. M'abandonnant à la fatigue, je me laissais glisser un instant en moi-même comme dans une nébuleuse plus vaste que mon corps. Par le ventre, la poitrine, les bras, la chaleur douce d'Anna m'envahissait. J'étais un instant dans un oubli profond comme hors du monde et sans âge, comme un blessé qu'on porte et qui s'abandonne au mouvement de nacelle d'un brancard. J'ouvrais les yeux comme si brusquement j'avais poussé deux volets d'une chambre obscure pour y faire pénétrer la lumière matinale et je voyais le tendre et beau visage d'Anna me sourire, tandis que je respirais son odeur aussi profondément que si je m'étais promené à la belle saison pour la première fois dans des prairies de montagne. Je m'étonnais toujours de trouver sur ses joues encore endormies mais fraîches une senteur voilée à peine perceptible qui me rappelait la saveur des dragées. Je n'aimais pas seulement la forme d'Anna, plus belle encore les yeux fermés, quand seules mes mains en suivaient les contours, plus belle encore dans les images plus réelles du tact. Je n'aimais pas seulement la pulpe de sa chair que mes doigts frôlaient ou pétrissaient doucement, pas seulement la soie, les velours au long de mon ventre, de mes jambes, de ma poitrine, pas seulement les grandes surfaces maritimes, mais aussi sa chaleur douce, l'odeur de sa peau flamande. Son odeur était belle.

Anna portait un vêtement de laine encore imprégné du temps où elle vivait avec sa mère, odeur d'armoire et de lessive de province, de vie droite, rangée qui ne m'attendrissait que par le souvenir du temps déjà lointain du début de notre liaison, quand nous nous disions « vous ».

Pendant qu'Anna coupait le pain, sortait un bol, notre seul objet ménager, je lavais ma face grise de limaille. Le corps rincé, j'étais presque neuf. Nous déjeunions. Le sommeil me quittait.

Je m'endormais difficilement bien que l'hôtel fût tranquille. Anna se couchait de nouveau. Je m'endormais enfin près d'elle dans un bonheur de feuilles, de lianes, de mer, de pays au soleil, mais souvent je continuais de tourner avec l'usine. Anna savait encore mieux que moi ce que peut devenir le sommeil d'un gars de la mécanique. J'aurais voulu ne plus me lever, demeurer près d'elle endormi pour des siècles, me réveiller dans un autre monde sans métro, sans usines. Il me fallait pourtant, quand le soir tombait, quand les boutiques s'éclairaient, habiller ma peau nue, remettre un mauvais complet-veston, des chaussures, reprendre un bout de valise en carton, m'en aller.

Tout le temps d'autrefois où je n'avais pas connu Anna me manquait. Chaque jour je m'arrachais pour aller au travail. J'avais la certitude que toujours je l'avais cherchée. Je la « reconnaissais », je l'avais « vue », nous étions « destinés », j'avais couru à travers des centaines d'existences de plantes ou de bêtes pour la rejoindre, depuis l'apparition de la terre, jusqu'aux temps du fordisme. Maintenant le temps nous était compté, avec le travail qui nous séparait, la mort au bout. L'existence était trop courte pour que je puisse regarder Anna sans m'émouvoir. Le monde vrai, c'était l'amour, que rendait encore plus nécessaire le monde du fer. Les mains qui touchent les machines, les aciers, ont encore plus faim du contact de la chair.

Quand on me demandait si j'étais marié, je n'avais pas de mots vrais pour répondre. Rien que des mots faux. On trouvait pour moi : « Tu vis à la colle. »

Le travail de jour, à la différence du travail de nuit, malgré la fatigue, me laissait plus normal. Quelquefois en sortant du métro, je quittais l'état machinal, je voyais la rue, je la respirais, odeur d'eau, de trottoir mouillé, de feuilles, de fumée, grisante après celle des caves du métro. Le printemps était là brusquement. Les bourgeons en petites feuilles d'un vert très clair venaient de s'ouvrir, sorties miraculeusement des arbres gringalets cernés de bitume, touchants de bonne volonté. Sous un ciel gris bleu, aux éclaircies d'azur, des maisons à faces plâtrées blanches comme des draps d'hôpital, se détachaient hautes d'un entourage de maisons grises aux toits d'ardoises. D'autres fois je ne voyais la rue qu'à ras de nez, pressé d'échapper au mouvement épais des gros autobus, et j'aurais vécu en ignorant les saisons, fermement convaincu qu'il n'y avait plus de champs, plus de forêts, que l'industrie, la ville avaient mangé toute la terre, si je n'avais vu aux étalages apparaître les cerises, les raisins, ou les feuillages roux au kiosque d'une fleuriste. Mon cœur s'ouvrait à la pensée que la ville ne couvrait pas tout. J'aimais pourtant ce quartier de Paris, la descente du boulevard Gambetta, en longeant le cimetière du Père-Lachaise, les murs, les lierres, cette idée du repos à côté, et cette foule vivante, marchandes de quatre-saisons, plombiers-zingueurs, peintres en bâtiment, les gens de par là ayant l'air de vivre en confiance, avec une sorte de gaieté, d'intelligence familière. Le passé ne m'avait pas suivi, et dans Paris, si je me dirigeais avec aisance, au fond j'étais un peu perdu, débordé presque autant que si je venais de débarquer à Londres. Anna seule m'habitait.

Il lui avait paru que nous serions mieux à Montparnasse, plus près de ce que Paris contenait de plus gai, de plus vivant. Nous pourrions visiter les galeries de peinture, fréquenter Sainte-Geneviève, feuilleter des livres chez les libraires, aller nous asseoir dans les grands cafés, et même jouer ensemble au Luxembourg, mener une vie intelligente dans un Paris dont la découverte la ravissait. Tout aurait pu être beau et possible sans la fatigue. Au café, le soir, où m'entraînait sa curiosité, si je m'émerveillais à voir les visages d'une jeunesse venue de tous les pays du monde, je me fatiguais trop vite de l'attention donnée, reçue, de la fumée du tabac blond. Nous reprenions l'air. On ne voit pas bien les étoiles à Paris. Les rues sont trop éclairées. Les étoiles manquaient. En marchant près d'Anna, j'accordais le mouvement de mes jambes au déplacement onduleux de ses hanches. J'aurais accordé ma respiration à la sienne si j'avais pu.

Rarement je prenais plaisir à nos sorties. Les parterres de fleurs du Luxembourg me laissaient froid. Je ne me réveillais plus que dans le grand tam-tam de l'usine, en arrivant, et quand je sortais il me suivait partout. J'étais un morceau d'usine pour l'éternité. Elle imprégnait de sa crasse mes vêtements de ville. Je n'étais pas à ma place assis sur un banc du Luxembourg, mais mieux à Ménilmontant. J'aurais pourtant voulu vivre éveillé, être heureux devant les fleurs, partager la gaieté d'Anna qui supportait mon ombre grisâtre.

Au cinéma dans un documentaire j'avais vu des nègres du Congo avec leurs bateaux pêcher en bande sur un fleuve, ramener le poisson aux femmes du village, toute la tribu s'occuper à la culture du manioc, le récolter, les femmes le piler dans des calebasses. C'était ça pour moi la vraie vie, j'aurais voulu travailler directement pour la nourriture et toucher l'eau et vivre presque nu comme eux. J'étais trop loin de la nature, je séchais.

XI

En faisant les foins

L'espace, en étendue, en profondeur, en hauteur, est une immense respiration lumineuse, mer bleue et ciel d'azur changeant. La mer en fuite plane, se confond avec la respiration du ciel en voûte.

Le ciel caresse les terres d'en bas, corps sombre et vaporeux de monticules, de ravins, de forêts, étendu du bas de la montagne à la mer, en promenant sur la terre couchée la buée bleue et légère d'une haleine de printemps. Haleine amoureuse sur la terre, présente comme une apparition nécessaire à l'étreinte du ciel et de la mer.

Le long de la mer, une chaîne de montagnes s'élance en pointes, en caps, en éperons, d'un effort nerveux et crispé. Partant vers l'intérieur des terres, un troupeau de montagnes aux dos de laine s'étire à l'infini pour rejoindre le ciel laiteux là-bas, au-dessus des derniers moutons.

Ici, sur le flanc tigré de la montagne, sur les roches, les pierrailles et la terre, la lumière est couleur soleil, couleur feu de bois, que boivent les plantes, les broussailles et la pierre. Elle sent la fourrure, le poivre et la lavande, la peau d'Afrique, le thym, la terre brûlée, elle fait suer chaudement au grand fauve toutes ses odeurs de brousse.

Le sol est dur où j'ai les pieds. La terre autour de moi n'est pas une apparition, elle est une présence massive. C'est moi qui suis nuage sur la roche, avec ma peau humaine.

Disséminés, les derniers pins de la montagne s'éploient, les aiguilles brillantes, éclairées de soleil, cernées d'azur. Au ras du sol, tout est presque couleur flamme vive, près de se dissoudre avec le soleil, et le soleil m'enveloppe, et je ne sais pas ce qui est de lui et ce qui est de moi, dans mes membres ce qui est chair et ce qui est soleil.

Le sol est dur sous mes pieds, mes mains distinguent la dureté tranchante du silex, je connais ma fragilité sur l'immense bloc de silence, de pierre et de soleil, mais l'effort de la montée m'a vivifié et je sens ma vie comme un oiseau dans une main, légèrement.

Aïe! frère, ne t'oublie pas, c'est du travail que tu es venu chercher. Tu n'es pas venu pour la montagne. C'est beau d'avoir laissé la vieille âme en bas, d'en avoir une nouvelle comme un couteau neuf. La pierre est indifférente et le ciel n'a rien d'une mamelle. On ne vit pas de lumière. Traîne-toi huit jours sans manger sur la montagne, tu seras un ver sec.

Une pierre qui roule provoque la fuite d'une bande d'écureuils, un grattement rapide dans les tilleuls. Plus loin, des perdreaux quittent la broussaille en piaillant. Les seuls bruits pendant que j'avance à plat dans un sentier entre deux buissons de genêts en fleur, en jaune de miel.

Et la beauté de la montagne s'évanouit brusquement. J'étais devant la bergerie, les grands chiens s'avançaient pour me flairer. Michel, le régisseur, avait levé la tête et maintenant, préoccupé de l'impression produite par mon arrivée, je regrettai soudain d'être venu en espadrilles demander de l'embauche.

Le régisseur et ses trois bergers s'affairaient au milieu des moutons ; des chèvres indépendantes broutaient une haie. Des cabris à taches noires et blanches batifolaient autour du troupeau, sautaient d'un petit mur et bondissaient près de moi dans le sentier.

Des agneaux qui avaient la chance de ne vivre que depuis la veille, frêles et titubants sur leurs jambes d'un jour, tétaient des brebis satisfaites, à grand renfort de coups de tête. D'autres brebis, dans la masse des dos mouvants, bêlaient sans discontinuer, appelant les agneaux que les quatre hommes s'occupaient à châtrer.

Au milieu des moutons aux yeux miteux, à la laine longue et verdâtre souillée de fumier, les bergers avec des têtes de pauvres bougres, en vieilles nippes, broussailleux, tout en poils, semblaient moins appartenir à l'espèce humaine qu'à une race de chiens supérieurs. La maison devant laquelle ils pataugeaient en sabots, jambes cagneuses, dans le fumier du troupeau, paraissait moins une habitation humaine qu'une tanière d'une espèce de bêtes d'avant le déluge. Trois portes, trois gueules noires trouaient la façade de la caverne avec un toit. C'était là que le régisseur logeait ses pauvres bougres, choisis parmi les simples d'esprit pour une exploitation avantageuse de la montagne.

Pendant qu'ils aidaient Michel à châtrer les agneaux, je pensais qu'eux aussi avaient été opérés, plus lentement, de ce qu'on pourrait appeler la dignité de l'homme, et je me sentais menacé à mon tour d'être précipité dans la même condition en partageant la vie de ces hommes candides, crasseux, à peu près privés de la parole.

Grand, efflanqué, avec l'allure d'un ouvrier d'usine, je venais de surgir aux yeux du régisseur. Après avoir répondu à mon bonjour et fait signe d'attendre qu'il eût fini, il poursuivait la série des opérations sur les agneaux renversés à terre, ficelés par les pattes. Les bergers, qui tendaient le couteau ou un morceau de ficelle pour lier les parties, apportaient les jeunes bêtes qui passaient de main en main comme des morceaux de bois à faire les galoches.

En velours pourpre, les joues râpées, une fine moustache brune, Michel se distinguait de ses bergers. Il avait tout le type d'un gitano qui vend des chevaux, la ruse et l'intelligence d'un maquignon du Sud, sec, olivâtre et l'œil vif, l'énergie un peu éteinte et tassée par la cinquantaine.

Il était de ces hommes chez lesquels la sympathie humaine est morte, dont les yeux sont voilés à la beauté du monde et qui, leur jeunesse passée, continuent de vivre par vitesse acquise, accomplissant jusqu'au bout une sorte de punition, — ce qui ne les empêche pas de soutenir âprement la guerre de leurs intérêts. C'est même leur seule raison d'être, l'ambition leur tenant lieu de tous les autres liens de l'homme avec l'existence. C'était en somme un type banal de régisseur ou de propriétaire, un automate comme il y en a beaucoup. La montagne l'avait durci sans affaiblir son intelligence, alors qu'elle plongeait les bergers qui, eux, ne sortaient guère de là-haut, dans un état voisin de l'idiotie. Pour un homme semblable on n'existe pas, on est comme une pierre, à moins qu'il en ait besoin pour enfoncer un pieu.

Après avoir fait la mine, marqué une hésitation, Michel m'embaucha pour les foins. Vingt francs par jour, non nourri. Je me récriai, mais il pouvait, dit-il, trouver avec la crise des tas de types en bas qui seraient contents de travailler pour le prix qu'il m'offrait. Avec dix francs en poche et les difficultés que j'avais connues en bas je n'avais pas le choix, j'acceptai.

Le régisseur n'avait pas d'abri à m'offrir, sauf dans le foin frais de la grange, et j'avais préféré monter ma tente. En pleine nuit, la tente flancha et je me trouvai contraint, sous une pluie battante, d'aller chercher l'abri d'une charrette sous une arcade.

Dans la journée, Michel me chargea d'aller chercher les provisions avec le mulet jusqu'à la petite gare dans les gorges. Le soleil flambait sur la roche, sur la terre cuivrée, sur l'énorme muraille d'en face avec ses creux d'ombre, ses blocs de lumière, pareille à une bâche dans la braise. Tout était soleil, chaleur, bouleversement, effort de la pierre. Mon mulet et moi nous descendions dans le chaos d'une sierra d'Amérique, ombres dissoutes, formes de passage, avec le sang comme du vin cuit, et j'oubliai le régisseur et la nuit passée à attendre la venue du jour.

Vêtus de velours, en gros souliers, parapluie sous le bras et la faulx sur l'épaule, les faucheurs étaient montés d'un des villages d'en bas. C'étaient de bons types ouverts et cordiaux, des hommes communicatifs qui savaient parler sans avoir besoin de connaître longuement d'abord les gens. Ils se déplaçaient chaque année vers les Basses-Alpes ou en Vaucluse pour les foins, le blé, la lavande. Cette année, ils étaient restés dans les Alpes-Maritimes près de chez eux. Ils m'assuraient que tout allait mal, mais sans me donner de détails sur leur arrangement avec Michel, qui n'était pas loin et pouvait les entendre. Connaissant mieux les usages, peut-être étaient-ils moins « arrangés » que moi.

Sur un mur, devant la bergerie, nous cassions la croûte ensemble.

— C'est de l'humide qu'il te faut avec ton pain ! Ne mange pas du pain et du fromage, c'est sec. Prends plutôt une boîte de singe. Tiens, bois un coup, voilà la bouteille !

Ainsi me parlait un solide ancien au bon visage d'homme de large plein air et de père de famille.

Par la suite, je ne vis plus les faucheurs : ils travaillaient sur les prés du versant étagé de vastes terrasses naturelles. J'étais seul plus haut avec Michel pour le fanage, travaillant de la fourche en bois et du râteau.

L'année était pluvieuse. Des nuages montaient de la

mer pour nous arroser, une mer de nuages se rassemblait sur le pic. Nous entassions rapidement le foin dès que Michel exprimait sa certitude d'une averse proche.

De l'immense horizon qu'on pouvait découvrir là-haut par beau temps, je n'étais plus, le regard sur la tâche, que le pré argenté, le foin en tas, le foin en odeurs, le foin étendu, le foin sur ma fourche, argenté au-dessus vert au-dessous, le froissement léger et continu de la fourche dans les herbes sèches, j'étais sueur de foin. La présence de Michel près de moi était le seul doute dans le bonheur d'être là, actif et silencieux.

L'ombre de grands nuages, pareille à de vastes ailes, passait silencieusement sur nous. De lentes brumes montaient à ras du sol envahir le dos de la montagne. Les mains froides, les sourcils humides, on devenait brouillard soi-même, comme si la brume avait contenu une âme particulière qui puisse atteindre l'imagination et faire, en dissimulant les choses et laissant apparaître les arbres comme des ombres, renaître une vie de souvenirs lointains, surgissant comme l'enfance chez un adulte, d'une main maternelle caressant les cheveux. On devenait nordique, passant de Londres.

Le ciel se découvrant, enveloppé de vaste horizon, on redevenait le dos de la montagne, odeurs, foin, froissement de l'herbe. Tous les changements du ciel se transformaient en rêverie, film intérieur, images et pensées qui s'oublient et qui composent l'humeur de calme allégresse, la joie de vivre, l'air de santé. **On** était tel qu'un ruisseau au-dessus duquel un peuplier agite ses feuilles et qui coule, mêlant son bruit au reflet du paysage. On était en quelque sorte vent et roseaux, et l'homme travaillant avec une fourche dans un pré, Michel, dont je ressentais sans aucune sympathie la présence, me gênait peu.

Les jours de pluie, je dormais ou lisais sous la tente. Michel était content de moi, je faisais son affaire, bien qu'il eût pensé en me voyant venir avec ma tête de ville que je ne saurais pas me servir d'une fourche. Il me vendait toutes les provisions dont j'avais besoin, riz, pâtes, vin, conserves. Les jours de pluie, je ne gagnais rien.

A la fin, malgré l'enchantement de la montagne passant de la pluie et du brouillard à la plus vive lumière, je me suis mis à mâcher des petits bouts de comptes tristes, à regarder de travers Michel qui faisait coup double avec moi : longues journées, bas salaires et provisions revendues au prix fort.

Je travaillais avec entrain, je valais davantage. Qu'est-ce que je pouvais faire contre l'automate aux mains crochues ?

Avec l'intention de le mettre doucement en boîte, je lui ai dit :

— Monsieur Michel, faut que je vous quitte. Avec la journée que je gagne, la pluie en travers et les provisions que je vous achète, si je reste à travailler pour vous, je vous devrai bientôt de l'argent. Je vous ferais des dettes, ce serait dommage...

L'autre a pris mes paroles d'honnêteté au pied de la lettre. Il m'a offert deux francs de plus par jour, qu'il aurait rattrapés sur l'huile ou les pommes de terre, et j'ai quitté le vieux régisseur aux pattes crochues sur ces paroles tranquilles pour un travail problématique en bas, dans la crise qui sévissait.

XII

Chantier en montagne

Le car roule dans un paysage de montagne. Le klaxon, d'un son comme enrhumé de pluie, jette des avertissements dans les nombreux virages. Nice 50 km. Des kilomètres de roche nue. La pluie tisse un lien de la roche à la route, du pays au car, tout dans la même buée. De loin en loin, de frais éboulis encombrent la route. Dans les gorges, le car passe sous des cataractes.

J'ai quitté Nice avec vingt balles : quinze pour le car. Là-haut, si ça marche, il y aura le gîte et le couvert, le compte courant de la cantine. Il n'y a plus de boulot sur la Côte, et puis je n'aime pas trimer dur sous l'œil des oisifs.

J'ai dans ma poche une feuille d'embauche pour un chantier dans les gorges à l'élargissement de la route. Ce sera dur. Il faut être d'attaque. On demandait « de bons terrassiers ». Un copain m'a prévenu que l'adjudication a été prise avec 40 % de rabais par des buveurs de sang : 10 heures de travail, les accidents, les éboulements sont nombreux.

Il ne pleut plus. Le soleil éclate sur les feuilles de

figuier. Le car stationne dans la vallée devant un café, au bas d'un village perché qui nous regarde, une cage verdoyante, oasis entre des kilomètres de roche nue, avec ses maisons couleur de nids d'hirondelles. La terre sourit de ses figuiers, de ses carrés de pommes de terre en fleur. Des hommes se sont fixés là, mais c'est tout de même une cage ici, d'où l'on ne peut sortir que dans le sens de la vallée.

Le car reprend sa route. Après un virage, on laisse la vallée pour les gorges. Au-dessus d'elles, du ciel il ne reste plus qu'un ruban qui serpente. La route étroite longe un torrent entre deux murailles de roche abrupte. O douce nature, que la chair est tendre près de la roche! Vivement sortir de là pour retrouver l'horizon! Des terrassiers travaillent sur la route étroite; ils se plaquent contre la paroi rocheuse au passage du car. Ce doit être par là le chantier; la cantine ne doit plus être loin.

Devant une longue baraque de bois le car s'arrête. Des centaines de mètres de roche, devant et derrière, la surplombent. C'est loin du village. C'est là qu'il faudra vivre, le soir, en tas près d'un litre de rouge... J'entre. Ça pourrait être l'Argentine : une centaine de terrassiers, rouges comme la roche d'ici, attendent le souper. A l'autre bout de la baraque j'aperçois l'enfilade de lits. C'est ça : les travaux forcés, et la caserne le soir.

J'ai passé ma feuille d'embauche au cantinier, qui la transmet aux patrons dans un petit bureau. Ça sent la sciure, la pluie et la vinasse. Ça sent la résignation. Les gars traqués par la crise acceptent n'importe quelles conditions de vie. « Français ? » interroge le cantinier.

« Oui, Français. » Mauvais, d'être Français. Je fais partie d'une main-d'œuvre qui a des exigences. Les Piémontais illettrés sont plus commodes pour les entreprises à 40 % de rabais... C'est peut-être pourquoi on me renifle, pourquoi les gars me considèrent avec une attention lourde. J'attendais un autre accueil de mes frères de travail. Les gars sont blindés contre les sentiments : les accidents sont si nombreux, coups de mine, éboulements, morts et blessés. Après tout, je ne suis qu'un bout de viande à travail sous leur regard.

— Bon. Sois là demain matin à 6 heures, a dit le cantinier.

— Et pour coucher ?

— Ah ! il n'y a pas de place ce soir... Je n'ai plus de lits, arrange-toi, reprends le car... et sois là demain à 6 heures !

Je voudrais manger. Je n'ai pas d'argent pour l'hôtel et le repas. Je propose au cantinier de dormir sur la table et de manger là puisque je n'ai pas d'argent. Le crédit dans les cantines est chose courante : le cantinier se paie en fin de quinzaine.

— Il n'y a rien pour toi si tu n'as pas d'argent, répond le cantinier, débrouille-toi !...

Et en effet, je préfère « me débrouiller ». Au fond, je suis heureux d'échapper encore un soir à la cambuse des négriers.

Par des lacets nombreux, la route gagne le plateau. Le roc rouge se couvre d'herbe. C'en est fini de l'Argentine, à présent c'est la Suisse.

Là-haut, de la brume, émergent des toits alpins

isolés dans les mélèzes ; puis le village apparaît, avec son entour de pâturages et de champs d'avoines vertes. La vie renaît dans une contrée lointaine et argentée.

Dans cette contrée règne une autre saison : il fait froid. Il fait froid dès la descente du car. Les jeunes paysans désœuvrés qui, sur la place du village, suivent le trafic des boutiques, sont guêtrés et vêtus pour l'hiver. Les maisons sont encore couleur neige sale, et les paysans sont des gens d'hiver.

C'est un petit village morne et boueux. Je crains de m'être, là encore, égaré dans une contrée inhospitalière. Ma tente dans mon sac ne peut m'être d'aucun secours.

Je suis entré au bureau de tabac. J'ai extrait de mon sac une veste, de gros souliers, tout ce qu'il faut contre l'hostilité passive du sol et de l'habitant. Le petit bonhomme morne du débit, après quelques achats, m'a permis d'abandonner mon sac sous une banquette, et de sa mauvaise grâce naturelle, j'ai appris qu'il existe quelques cantines d'une grande entreprise de travaux fixée dans le pays.

Ils sont tous tailleurs de pierre, charpentiers, manœuvres ou maçons. Ils sont une vingtaine, un peu avant le souper, à la cantine. Ils viennent de partout, Italiens ou Portugais. L'accent français en parlant français ne devrait pas les surprendre, mais qui arrive est toujours un étranger.

Personne ne dit : « D'où viens-tu, mon vieux ? »
— On n'embauche pas, dit le contremaître. Pour

les terrassiers, il faudrait voir Zangotti le matin avant six heures, sinon il est parti au chantier.

— Si je le voyais ce soir?

— Ce serait plus sûr. Mais la cantine est au hameau, à quelques kilomètres d'ici.

Un contremaître m'a répondu, mais parmi les compagnons personne ne dit : Où est-ce que tu vas dormir?

Je vais par une route détrempée jusqu'au hameau. Le soir tombe.

Sourdement, je redoute la pluie, le froid, l'absence d'abri et cette indifférence qui va du roc d'en bas aux hommes d'ici.

En même temps, je retrouve l'espace, et j'aimerais travailler ici, là-haut. La cantine est encore plus loin, plus guère loin. Il fait nuit. Sous le grand ciel, les maisons basses semblent s'être rassemblées comme quelques bêtes perdues d'un troupeau. Dans un autre groupe, les lampes interrogent dans leur langage d'étoiles égarées. Dans les étables, les vaches secouent leurs sonnailles comme de très loin. La vie file en fumée silencieuse.

A la cantine, dans un nuage de fumée, ébloui par l'arrivée dans la lumière, j'ai peine à distinguer l'assemblée qui mène grand tapage. J'avance comme un type en peau de rhinocéros qu'aucun souci ne traverse : rond, brave, jovial, qui aime le travail et se lève tous les jours de bonne heure et de bonne humeur au chant du coq.

— Zangotti?

— C'est moi!

Assis, un petit personnage aux traits négroïdes, aux yeux de caméléon me répond.

— Ce n'est pas moi qui fais l'embauche, mais va au bureau demain matin. Tu es Français? Tu seras embauché! Si tu ne l'étais pas, j'y retournerais avec toi.

— Il faut l'embaucher, boun diou! dit le petit Portugais.

— Tu seras embauché, le Français, dit François le Corse.

— Ça serait malheureux qu'il ne soit pas embauché, dit Martinez l'Espagnol.

— Paraît oun bravo ragazzo, dit le Padouan tailleur de pierre.

Dans la taverne du bon Samaritain je me crois assis. Martinez l'Espagnol offre une cigarette, j'offre un litre. Mon arrivée et mon embauche se débattent interminablement. Tout le monde est en gaieté, ce soir.

Le petit Portugais aux longues moustaches roule ses mots comme des brouettes dans l'argile humide. Les mots sortent toujours les mêmes, comme les pierres d'un camion en décharge. Qu'est-ce qu'il y a? C'est mon embauche qui est toujours en question. Je n'y pense plus. Mes mains pas assez lourdes et les idées trop rapides me gênent. Zangotti m'observe.

— Ah! oui, alors tu as passé dans les gorges? Tu étais embauché d'avance? Tu n'as pas travaillé en bas? tu ne serais pas resté.

Je le rassure:

— Oh! j'ai fait des travaux plus durs!

— C'est un enfer, dit Gringo, montrant ses avant-bras tailladés par les éboulis de pierres. J'ai travaillé en bas, mais j'y aurais laissé ma peau ! Il faudra dormir sur la paille, dans la grange, comme des sauvages, comme nous, ajoute-t-il.

Mes couvertures sont en bas, dans mon sac.

— Ça ne fait rien, je t'en prêterai, et avec mon pardessus tu n'auras pas froid, dit Martinez.

Le tapage reprend dans la tanière.

— Chante, boun diou, François ! dit le Portugais aux longues moustaches.

François chante un refrain :

— Ri qui qui, trou la la, c'est encore demain la fête ; ri qui qui, trou la la, demain nous travaillons pas !

Le petit Portugais s'esclaffe, heureux comme un enfant.

— Chante, boun diou, François ! et il donne des coups de poing sur la table.

Toutes les soirées ne sont pas si animées.

— Povero ragazzo ! dit le Padouan tailleur de pierre.

— Un jeune Arabe s'est fait tuer au chantier, dit Zangotti.

— Il n'avait pas fait attention, dit Martinez.

— Comment c'est arrivé ?

— Il était descendu chercher de l'eau dans le ravin sans prévenir. Les autres, au-dessus, ils ne se doutaient pas qu'il était en bas, ils dégageaient une moraine du chemin. Puis tout d'un coup, le bloc s'est mis à rouler. Lui, en bas, l'a vu venir. Il s'est lancé dans une autre direction, à l'abri du rocher, mais le bloc a fait un autre bond. Nous sommes tous descendus avec des leviers. Il avait la tête prise, mais pas écrasée. Il gémissait. Pour le dégager, c'était difficile, il vivait encore. On y est arrivé. Il est mort à l'hôpital.

— Povro! répète le petit Portugais.

Zangotti se passe la main sur le front :

— Une fois, dans un tunnel, j'ai dû scier les jambes d'un compagnon pour le dégager. Oui, les jambes étaient écrasées. Il n'y avait que ça à faire pour le sortir.

Avec son œil de caméléon, ses traits africains, je vois le terrassier Zangotti remuer la pelle, indifféremment, la terre ou la chair.

— Chante, boun diou, François, dit le petit Portugais.

— Allez, chante, François! dit Gringo.

François entonne :

— Ri qui qui, trou la la, c'est encore demain la fête; ri qui qui, trou la la, demain nous travaillons pas!

Puis :

— Ils m'ont repris ta chère photographie, oui, maman, les Boches ils m'ont tout pris!...

Il est tard.

— On va se coucher, dit Martinez.

— Bisogna lavorare! dit Zangotti.

Il fera beau demain, a dit Gringo. Le ciel est haut et clair. Nous sommes une demi-douzaine à dormir dans la grange. Martinez dort à côté dans un rez-de-chaussée. François dort plus haut dans une autre grange.

Gringo allume une bougie, puis chacun arrange sans mot dire son lit de paille :
— Saluti ! Buona sera !
Vers le milieu de la nuit, une ombre entre en jurant :
— Nom de Dieu ! Je viens ici, pas moyen de dormir là-haut ! Je lui ouvrirai le ventre, à ce voyou ! Travailler et pas moyen de dormir !...
François, dans sa chambrée, continuait de chanter.

Pendant des siècles, les sauvages du pays ont vécu des produits de leur sol, de leurs pâturages, de leurs pommes de terre. Leur village était séparé de la plaine et de la côte par la difficulté des communications.
Il y a une église dans ce village d'esquimaux. Il y a aussi quelques hôtels, quelques boutiques. La sauvagerie devient de l'affairisme. Les touristes viennent, les communications s'établissent, la route s'élargit, le sauvage d'ici vend bien ses produits.

Je suis embauché. C'est un samedi. Il vaut mieux commencer lundi, m'a dit Zangotti. Peu importe, j'ai un compte ouvert à la cantine, je prends là mes repas.
Il pleut vaguement. Le soleil revient de temps en temps. Il fait doux. Avec tous ses arbres, l'herbe très verte et fine, le plateau est comme un grand parc perdu, sans châteaux ni châtelaines.
J'effraie les gosses gardeurs de vaches. Les paysans que je croise ont la tristesse des chiens de bergers, et sous le poil des moustaches, l'aboiement de chien de garde semble toujours prêt. Mon bonjour leur semble une menace. Ils ne répondent pas.

Sur ma nouvelle planète, je subis drôlement l'altitude. Transformé en boule de sommeil, il me faut dormir d'arbre en arbre cinq minutes. Sous ce ciel d'idylle qui rit et pleure, j'attends des défilés de nymphes et d'ombrelles, des présences de belles Nordiques mélancoliques et souriantes. Les senteurs d'herbes me montent à la tête. Pour compagnon, j'ai un paquet de cigarettes, dont j'abuse par sentiment.

Le matin, en file indienne, Martinez, Gringo, Joseph, le Capitaine, Chapeau rond, Marco et d'autres, nous avançons dans la clarté laiteuse.

Je secoue mes doigts froids, Martinez secoue ses doigts froids, et nous poussons des nuages de brume, tous à notre tour, comme une bête bien reposée.

J'ai des rêves à moi, de grands rêves qui suivent ceux de la nuit et changent tous les matins pour me réchauffer. Celui qui revient le plus souvent est d'avoir un âne, un sac de blé, et de faire le tour du monde en travaillant de loin en loin, comme ici.

Le chantier longe un ravin. Une route, à travers la forêt, est tracée jusqu'à la source dont les eaux sont amenées au village par une canalisation.

Au fond du ravin, il y a l'ancien chemin. Une vieille femme montée sur son mulet y passe tous les matins en tricotant comme sur une chaise.

Les musiciens d'un régiment en manœuvre viennent aussi dans le ravin donner des aubades, des concerts d'intentions célestes. Nos haches sur les mélèzes font un écho inattendu aux canards.

Zangotti place un compagnon tous les cinq mètres,

puis part avec son chien plus avant dans la forêt. Le sentier est tracé. Il suffit de l'élargir en maintenant le niveau établi.

Quand il pleut, nous cherchons refuge sous un arbre. Un feu est vite allumé. Les uns, qui veillent, l'entretiennent, les autres dorment, comme les chiens qui, du hameau, nous accompagnent sans qu'on les y ait invités.

La pluie cesse, la brume remonte et le soleil revient. On se remet à l'ouvrage.

Les jours ne participent que du temps, de la peine physique, de la saison, de la lumière et de toutes les odeurs terrestres. C'est une vie d'arbres, une vie de saints sans événements.

Il fait beau. Après le repas, c'est la sieste à terre ou sur la mousse, une veste sous la tête. Les insectes bourdonnent, les odeurs suspendues dans les bois semblent dormir, et pour nous, sans le coup de corne de la reprise, le sommeil se prolongerait des heures.

On se lève engourdi. Arraché au bien-être des lézards, en route pour le monde humain de la tâche. Chacun gémit : Sempre lavorare ! Toujours travailler !

Les journées de dix heures sont longues. On tire à la gourde quelques pipées de vin ou quelques bouffées de cigarette. La veste et le vin sont près du voisin sur le talus. Après quelques paroles échangées, on peut reprendre le pic. La fatigue, comme née de l'ennui, s'en est allée avec lui.

La santé n'est pas exigeante. Balourd, avec mes croquenots, comme un gros insecte, j'ai la bonne humeur gueularde des jeunes veaux. A la cantonade, j'appelle : Gringoo! Gringooo! Va bene? Saluti!..., et Gringo, à vingt mètres, répond : Touristo! Touristooo!... Et nous sourions du gueuloir.

— Zangotti est content de toi, bravo ragazzo, tu ne causes pas trop, m'a dit le Padouan tailleur de pierre.

Gringo est de San Remo. Je l'appelle ainsi depuis une histoire qu'il m'a contée. Emigré italien, il a vécu en Argentine, travaillé aux moissons. Un étranger, un « gringo », comme ils disent là-bas... : « Je ne cherche querelle à personne, mais celui qui me cherche me trouve. Un jour que j'étais assis dans un café de là-bas, j'ai reçu dans la figure un coup de queue de billard d'un Argentin qui jouait. J'ai eu mal. J'ai dit : Oh! señor, attention, vous m'avez fait mal! Et l'autre répond sans s'excuser : Que hay, gringo? Je l'ai attendu à la sortie. Il faisait noir. L'autre urinait contre un arbre. J'ai tiré dans le señor. Mammà! Mammà!... »

Gringo est un type de mineur, râblé, osseux, dur à cuire. Je ne le connais que de l'œil, comme un animal un autre animal. A la grange où nous dormons, avec quelques madriers j'ai fait une séparation dans notre tas de paille. Tous plaisantent mon confort, mais ainsi, Gringo qui chique et crache partout avec innocence n'atteint pas ma couche.

Zangotti revient avec son chien de chasse et un panier de champignons. De loin, il a observé le chantier derrière un arbre. A six heures, il jette sans rien dire un coup d'œil sur la tâche accomplie.

Pendant son absence, nous travaillons sur un

rythme paysan qui doit durer dix heures et reprendre tous les jours. Chacun ménage ses efforts, et le soir nous sommes éreintés.

Les grosses godasses, comme des sabots de bête lasse, heurtent les cailloux du chemin qui est interminable au retour.

Martinez l'Espagnol va clopin-clopant en tanguant sur ses jambes comme un canard. Sa canne à la main, son fagot sur l'épaule, on dirait un très vieux terrassier. Marco tangue davantage que lui, mais moins fatigué que tous, il musarde et ramasse des champignons.

Le Capitaine pète et lance sa canne en avant. Il écoute sonner le vide dans son bidon de vin blanc, et son visage de kermesse est plissé par le rire.

Chapeau rond l'affranchi retrouve au fond de sa poche un mégot qu'il allume.

De la douceur est dans l'air, et de la douleur dans tous les membres.

Au retour, de loin, les maisons, la cantine, sont bonnes à voir.

— Salut, François.
— Bonjour, Français !

François le Corse revient d'un chantier près du village. Il est tailleur de pierre.

En arrivant, nous faisons toilette à l'abreuvoir. Les vaches viennent boire et baver sur les torses nus. Je les repousse d'une tape sur le flanc, mais avec les grippe-sous qui les gardent, c'est à peine bonjour ! bonsoir !

Après le repas, le vin et quelques cigarettes, une bonne torpeur succède à la fatigue. On s'y trouve bien, comme une tranche de citron dans le vin chaud.

François le Corse ne boit plus, ne chante plus : il souffre de l'estomac.

— Dis, Français, écris-moi une lettre. Il faudrait que ma femme m'envoie un remède que je prends toujours dans ces cas-là...

Pour Marco, il y a les lettres sentimentales. Je donne le bonjour à la patronne, à la négresse au bas d'une lettre correcte et timide à la demoiselle de ses amours mercenaires.

Martinez se repose en pantoufles. Nous grillons une cigarette sur la route. Tous ici nous sommes d'une même race, tous partis un jour d'un village pour courir le monde. Mais avec son visage des villes, son air mélancolique de mère de famille, je suis plus près de Martinez que des autres. J'ai en mémoire son bon accueil du premier soir.

— Trente ans, Martinez, et déjà des cheveux blancs ?...

— C'est mon accident qui m'a vieilli. Je ne suis plus si fort. J'ai passé trois mois à l'hôpital à moitié paralysé... Dans les cloches à plongeurs, tu te sens comme un acrobate, comme si tu étais en caoutchouc. J'avais six francs de l'heure, là-dedans, seulement tu risques, si la pression monte, de rester paralysé. Marseille ne me reverra pas avant longtemps...

Sur la route, nous avons des entretiens sur la journée de huit heures, puisque ici les compagnons veulent travailler le dimanche. Nous en causons.

— Tiens, un dimanche nous irons là-bas jusqu'au

pic, en partant le matin de bonne heure, à quatre heures, me dit Martinez.

Il n'y a que Martinez pour me dire ici : allons nous balader à la montagne le dimanche. Mais nous n'irons jamais... Le dimanche, la fatigue tombe sur nous. Du pays, nous ne connaîtrons que le village, l'aller et le retour au chantier.

La fête nationale n'est pas loin. En arrière ou en avant, François la fête.

J'ouvre la porte de la cantine : François escalade la table et revient au plancher pour serrer le Français sur son cœur. Le Français c'est moi, et moi je ne suis que le copain de François, qui devient stupide.

Quand il n'est pas ivre, c'est un grand colosse bourru et sympathique. Ivre c'est un monstre dans le délirium, un délirium qu'il porte solidement sur ses jambes.

— Ils ont pris ta chère photographie. Oui maman, les Boches ils ont tout pris !...

Il se frappe frénétiquement sur la poitrine et retrouve l'écho de vieilles querelles et le son de l'honneur corse. Il improvise un chant de provocation aux Italiens d'une table à côté.

Le petit Portugais, d'habitude bon enfant, humble et conciliant avec François, se dresse en frisant ses longues moustaches.

Gringo, qui a combattu à Verdun, va dans la grange chercher son livret militaire, ses citations, mais François ne veut rien savoir pour regarder les papiers et continue à beugler ses improvisations.

Par instants, quand François tape si violemment sur sa poitrine, qu'il ouvre trop large sa gueule où le pain et le vin se mêlent, j'en viens à croire que mon crâne amical et français n'est pas loin de prendre contact avec le choc d'une bouteille faisant massue.

Dans ces graves circonstances, le Capitaine survient, qui chante à son tour.

Le dimanche matin, nous oublions, Martinez et moi, de partir en montagne.

Je vais au ravin faire une lessive. Les paysans sont déjà à la messe, l'endroit est écarté, je peux me baigner dans le torrent, puis, pendant que le linge sèche, griller une cigarette ou dormir.

J'ai du plomb sous les paupières, une lourdeur dans les membres absente en semaine.

A la cantine, Chapeau rond et le Capitaine sont là, le Capitaine avec sa bonne humeur et Chapeau rond avec ses enfants de Caïn, deux ou trois morveux patibulaires dans l'adolescence. Après avoir quitté leur gourbi pour une chasse aux escargots dans le pacage, ils viennent à la messe au vin blanc, à leur temple plus beau que l'herbe.

— Je suis été cassé pour une affaire de contrebande en revenant du Chili, dit le Capitaine breton, mais j'attends un trois-mâts où j'embarquerai comme second ! C'est pas vrai ?... ben tiens, regarde mes papiers !...

Et plein de fougue, le Capitaine fourre ses papiers sous les yeux de la compagnie soupçonneuse. Le livret établit bien que le Capitaine est un bon matelot.

— Tu vois! dit-il en riant comme tout le monde.

A la cantine ou au village, le mâle débraillé et gueulard domine. La cantine est pleine de troufions en manœuvres de viol autour de la pimbêche fille du patron de la cantine.

— Papa! Ils m'ont appelée putain!

Allons-nous-en.

A la grange, dans le sommeil, on est bien. Un rayon de lumière filtre à travers les planches du toit, anime la voie lactée des poussières. Au réveil, je reviens aussi heureux que la poussière ensoleillée de la grange.

Vers les bois et les lacs, c'est le vide d'une nature romanesque sans êtres humains. Des Watteau sans personnages. J'y vais, il faut monter.

Voici un bois de mélèzes, calme comme un cimetière. Il y règne un silence de chapelle; sous le demi-jour des arbres pousse une mousse épaisse. Ce bois, je l'ai vu, ailleurs... dans l'enfance ou dans les rêves. Je m'éveille comme un chat à la vue d'un oiseau.

Il y a plus loin, sous les petits mélèzes du mamelon, des champignons blancs. Le silence règne, sans oiseaux, sans insectes. J'oublie le village.

Un troupeau de vaches tourne dans un repli de terrain. L'une d'elles arrive, le mouvement de babines se rapproche, et tout à coup j'aperçois le monstre de la préhistoire, la douce farce de la nature, comme une bête jusqu'à ce jour inconnue.

La vache et le troupeau s'éloignent, mais comme au premier jour, en représentation exclusive, pour la première fois, je vois la présence de l'homme, ma présence sur le mamelon, la présence de la terre et du ciel, par un simple mouvement de côté qui donne au regard un nouveau champ. La terre s'étire très loin, longuement, et se termine par quelques cimes. Le ciel se referme derrière elles. L'arbre, l'herbe, l'homme sont là à mon regard comme une bulle de savon fraîche au chalumeau d'une paille.

Je peux descendre à la cantine, entendre gueuler les soldats, tremper mes coudes dans le pinard, je suis plus ivre qu'eux tous et plus bienveillant avec mon secret intraduisible d'amoureux sur la poitrine.

Deux civils passent sur le chantier, s'arrêtent, vont et viennent. Zangotti tourne près d'eux comme un chien.

L'un d'eux s'approche, avec bonhomie, et m'interroge comme un Européen un indigène :

— D'où viens-tu, toi ?
— Je viens de X...
— Mais avant, avant ?
— J'étais à Z...
— Mais tu n'es pas du Midi ?

Et si je tutoyais à mon tour l'oiseau barbu penché au-dessus de la tranchée que je creuse ? Je sortirais du jeu et des convenances, ce serait grossier. J'interroge en souriant :

— Mais et vous, qui vous êtes ?...
— Moi ? le directeur !
— Ah ! c'est tout naturel !
— Tu es marié ? Comment ça se fait que tu es venu jusqu'ici ? Tu as fait un mauvais coup en bas ? Il a fait

un mauvais coup, sans quoi il ne serait pas là, hein? tu as fait un mauvais coup?

Je réponds en souriant à tous ces hommages versés au-dessus de ma tête.

— Zangotti, c'est un bon compagnon? Il travaille? Il y a longtemps qu'il est là?

— Oui, ça fait un mois, répond Zangotti.

— Bon, ça va, t'es un vrai gars! et sa badine s'avance pour caresser l'échine de la bête en bas, mais elle s'arrête, retenue.

Je reste troublé. Le salaud m'a tutoyé, je suis un esclave... Ne fais pas de tragique à tout bout de champ, c'est de la bonhomie, le tutoiement.

Le soir, devant un litre, Zangotti digère l'entrevue du directeur. Joseph, Marco, Martinez sont là autour d'une table, assis sur des briques dans leur chambre.

— Il n'est pas mauvais, le directeur, dit Zangotti, mais il ne veut pas voir fumer sur le chantier. Il a raison! Un type qui fume, il va à sa veste: une minute; il roule sa cigarette: ça fait deux minutes; dix fois par jour, ça fait vingt minutes!

« Le directeur, il ne veut pas voir de type sur un chantier en espadrilles. Il a raison! Un type en espadrilles est moins fort, moins assuré.

« Le directeur, il ne veut pas voir un type boire du vin. Il a tort! Car celui qui boit du vin a des forces... »

Joseph, Marco, Martinez écoutent respectueusement le chien de garde Zangotti.

Il ne gèle plus la nuit. Plus de gelées blanches le matin. Les pluies attardées ont disparu, les foins sont secs. Le paysan a besoin de la grange où nous dormons pour y rentrer son foin.

Je travaille sur le chantier, je suis connu, à présent je peux étaler mes singularités. Donc, j'ai fixé ma tente sur la terrasse. J'ai une chambre blanche où je dors à l'heure que je veux. Un joueur de cartes attardé à la cantine ne me réveillera pas.

Gringo et les copains se serrent à côté dans une autre grange. Tous s'amusent à voir ma maison.

Je ne vis plus à la cantine. Mais voici qu'en préférant le lait au vin et les pommes de terre à l'eau aux macaronis en sauce tomate, je ruine ma popularité.

Le paysan qui me vend les pommes de terre me vole sur le poids visiblement et derrière moi il s'indigne de mes singularités. Type de grippe-sou, il loue très cher à Martinez et quelques compagnons un mauvais réduit. Je suis de la race suspecte de ceux qu'on ne tond pas. Il règne sur ce coin de terre, tiré récemment de sa sauvagerie, la passion âpre d'exploiter le prochain. A présent, je dois dire trois fois bonsoir avant qu'on me réponde.

A notre vie de bête et de sauvage menée ici, je veux donner un sens économique et courir le monde avec ma ceinture d'or accumulé. Encore un rêve...

Après quatre heures, il fait bon. La grosse chaleur est tombée. Chapeau rond semble inquiet depuis quelques jours. Pour l'heure il s'occupe à ébrancher un mélèze qu'il a déraciné, puis nous venons tous avec des leviers pour faire glisser le grand mort hors du chemin.

Des gendarmes arrivent.

— Est-ce que Durand est là ? demande le brigadier.

— Présent! Bonjour, Messieurs, répond Chapeau rond en souriant.
— On vous emmène.
— C'est dommage. Ils auraient pu attendre un peu, jusqu'à l'automne, jusqu'à la mauvaise saison.

C'est une histoire vague. On a trouvé de la dynamite à son domicile sur la côte. Pour faire quoi? S'en servir à la pêche, ou déraciner des arbres.

— Au revoir tous! Au revoir toi!

Il donne une poignée de main molle à chacun et s'en va entre les deux gendarmes avec l'air qu'il a tous les soirs.

La besogne continue.

— Alors, Capitaine, tu es seul pour ton bidon de vin blanc!

Les tuyaux pour la canalisation d'eau de la source sont là. Le travail est déjà avancé. En arrivant le matin, deux hommes prennent un tuyau et le transportent sur les épaules jusqu'en haut de la route, en avançant chaque fois de la longueur du tuyau.

C'est un travail pénible, qui ne saurait se faire toute la journée. En en prenant quelques-uns tous les matins, les tuyaux sont placés avec moins de peine.

Il est six heures un quart. Tous les compagnons sont arrivés en bas du ravin.

— Encore un quart d'heure, dit le Capitaine en tirant sa montre.

Le chien de Zangotti arrive. Zangotti n'est pas loin.

— Allez! en route! dit-il en arrivant.
— C'est pas l'heure!

— Je m'en fous, vous vous reposerez en haut! Il y en a qui se la sont coulée douce hier! Je vois clair, dit-il en appuyant son index sur sa paupière. Ceux-là, aujourd'hui, ils verront la bastonnade!

— La bastonnade? dit Marco en riant.

— Oui, quoi, y en a de ceux-là qui iront au bureau!

En route! Je prends un tuyau avec le Capitaine, Martinez prend un tuyau avec Joseph, et ainsi de suite.

J'ai assez d'argent en caisse pour être sentimental. Pendant que je souffle en grimpant, je rage. Comme il serait simple de donner une raclée à l'arrogant, au chien de garde!

Nous arrivons à bout de souffle.

Zangotti bouscule aussitôt le repos auquel chacun s'apprête.

— En route! Toi, le Français, prends ce rouleau de fil de fer. Tu montes vers la source, là-haut.

— Est-ce que je prends la pelle et la pioche?

— Oui bien sûr! Tu ne vas pas chez le pharmacien!

Allons-y pour la raclée. Avec plus d'énergie qu'une bonne pour rendre son tablier, j'envoie aux pieds de Zangotti le rouleau de fil de fer.

— Tiens! attrape!

L'œil de caméléon se retourne un peu, et la bête se dompte. Le pouvoir l'emporte sur la vengeance animale :

— Va au bureau!

— A ton gré! Commande tes brutes!

Au détour d'un sentier, je casse la croûte en ruminant la fatalité des départs.
— O Touristo!
— O Gringo!...
— Je m'en vais! Quella bruta bestia!
Bravo! Nous descendrons ensemble.

XIII

Le sel

La plaine des marais prolonge salement la mer. L'accablement des grandes chaleurs pèse sur les eaux mortes des étangs et des canaux. Heure terne, lumière plombée, toutes les choses se confondent dans un halo d'herbes grillées.

La chaleur sent la fange, le silence, l'eau lépreuse. Elle allonge les distances entre les baraques isolées aux toits de tuiles rouges et les figuiers perdus dans les herbes de l'immense étendue industrielle.

Une ligne téléphonique aux poteaux grêles fuit longuement vers un îlot d'arbres où se cache un village de pêcheurs.

Au centre du marais, une série de pyramides blanches, les tas de sel. Dans un champ blanc, des ombres humaines vont et viennent, silencieuses comme une colonne de fourmis noires.

Toute la plaine du marais est dessinée à grands traits rongés d'herbes, lignes fuyantes des canaux, fuite plate des étangs en carrés. Au large, en mer, derrière les pyramides, le trait infini de la ligne d'horizon.

Sur la bande de mer invisible, les cuirassés de l'escadre de la Méditerranée se découpent en gris fer.

Bien que symétriquement découpé par la main de l'homme, le marais semble en état d'abandon, galeux, mangé d'herbes. La grande poigne de la nature fait sentir ses droits. Elle écrase l'œuvre à coup d'espace, de ciel et d'eau. Sa force indifférente met l'homme en face de sa fragilité.

Nous sommes une centaine de gars de partout : des ouvriers agricoles du pays, ceux de la Londe et de Hyères, et la main-d'œuvre flottante du bâtiment, des Français de toutes les contrées, des Italiens, des Allemands, des Russes, des Arabes. Il y a même un nègre.

Aux compagnons énergiques qui aiment rouler leur bosse pour voir du pays, au hasard des grands travaux, se mêlent les repris de justice au torse bleu de tatouages et les clochards, épaves qui se laissent couler d'un chantier à l'hôpital, de l'hôpital à la prison.

Au repos, une centaine de poitrails rouges, cuits, suants, brillant au soleil. Les hommes cherchent goulûment la fraîcheur de l'ombre de n'importe quoi, caisse ou wagonnet, pour s'abriter un peu pendant la pause de cinq minutes. Dans les gosiers de terre sèche coulent des rasades de bière. Des gars quittent leurs espadrilles boueuses, examinent leurs écorchures douloureuses, entourent leurs pieds de bandelettes, attentifs à préserver leurs ampoules de la morsure cuisante du sel.

Avec ses nippes à mi-jambes, muscles au vent, jarrets de lutteurs, gueules durcies, yeux hagards de fatigue, notre grouillement de gueux essoufflés semble sortir du Moyen Age ou de la cale d'un navire corsaire.

Le sel est sans cesse présent : champs étincelants, eaux rouges, douleur salée des écorchures, soif, fatigue, lumière blessante, âcreté de tout ce qui nous entoure.

Parmi tous les gars, on se sent un gars du sel, uni aux autres par la même peine, une brute bonne et douloureuse unie aux autres par le même courage à la peine, un homme simplifié, l'homme de la tâche, l'homme du temps que dure la récolte, une masse de muscles douloureux confondue avec la brûlure du soleil, une masse de chair heureuse pendant la pause, un gosier heureux pendant une rasade de bière : l'homme du sel.

A six heures du matin le travail commence. Des brumes se dissipent paresseusement sur les étangs. Au loin, des mouettes picorent le marais, des vols d'oiseaux animent l'air de cris. Les gars arrivent, à pied ou en bécane. Le soleil sort là-bas, derrière les fonds qui limitent les étangs. Il illumine la mer, les eaux rouges des bassins, les champs de sel, les herbes mouillées de rosée, les brumes. Le travail commence dans la fraîcheur, dans la pureté matinale, dans la féerie du soleil levant.

Coincées entre la croûte de sel et le sol du bassin, les pelles, debout, attendent les gars qui s'amènent en sautant d'un bond le fossé en bordure du carré. Chacun, dans le tas, retrouve sa brouette particulière. Les forces sont fraîches, les hommes se saluent au passage à la manière bon enfant du plein air, à coups de gueule ou de tapes dans le dos.

Dans l'alignement des pelles, chacun retrouve sa place de la veille. En chargeant hâtivement, des saluts s'échangent entre éloignés. De proche en proche, on mâche un bout de conversation, un commencement d'histoire. Presque flanc à flanc, les brouettes sont alignées. Il est bon de supporter la fatigue, de l'oublier près d'un type gai ou d'un gros bourru sympathique : ainsi la brouette se trouve-t-elle rangée d'après certaines affinités entre compagnons de trait.

En file indienne, sur un étroit chemin de planches, les gars mènent rapidement leur charge. Tout le corps se concentre dans l'effort. Marche hâtive pour se débarrasser au plus tôt de la charge. Les yeux fixent le chemin de planches : le ruban diminue, un coup de reins pour atteindre la plate-forme de l'élévateur, et la brouette est vidée d'un coup droit dans une sorte de cuvette. Une large courroie de caoutchouc supporte des charges successives. Elle élève le sel en pente douce pour le laisser retomber d'une huitaine de mètres en une coulée blanche qui ruisselle continûment de l'arbre en fer croisé qui, peu à peu, forme une pyramide.

Si l'un de nous est trop long ou maladroit en vidant la brouette, il immobilise derrière lui tous les autres avec leur fardeau plus pesant après un long parcours. C'est dur, et toute la ligne se met à gueuler sauvagement.

Après la décharge, le corps se détend. La brouette, bien que lourde par elle-même, ne pèse plus. A l'allure des bœufs, chacun part retrouver sa pelle, une nouvelle charge, et ainsi de suite...

De nouveau la pelle dégage la croûte du sel, en

Le sel

évitant de prendre avec elle la fange noire, le sol du marais. On piétine sur un sol mou.

Devant nous, c'est mille millions d'étoiles, blessantes comme un feu de magnésium, un tir continu de lampes à arc. La nappe de cristaux étincelle à mesure que le soleil monte. Les paupières clignent, l'œil se ménage. Les lunettes noires sortent des poches.

Dans le lyrisme matinal, les premières brouettes ont été légères, mais elles deviennent de plus en plus lourdes. Les forces s'épuisent. Il faut se rassembler, s'anéantir, ne pas être trop présent, trop conscient de la fatigue, parvenir à l'automatisme. La pelle, la brouette, la pelle, la brouette, et des ombres à travers les lunettes sur la croûte de feu.

Nous travaillons tous au même rythme. La tâche est rétribuée, en principe, d'après la besogne accomplie collectivement. Si le rythme fléchit, le tâcheron qui représente soi-disant les intérêts de tous, mais en réalité surtout ceux de la Compagnie des Salins, s'en va de gauche et de droite stimuler les endormis à grands coups de gueule larges et cordiaux, enragés parfois. « Courage ! Avanti les enfants ! » Il n'embête pas les forts, les vaillants, les habitués. Son regard se pose sur eux avec une pointe d'estime affectueuse. Il aime notre force comme un chàrretier celle de son cheval.

Faibles et débiles sont éliminés impitoyablement par le rythme du travail. Tous ne peuvent transformer l'enfer en travail habitable. Le repris de justice plaque le boulot. Le clochard se démoralise. On le retrouve ivre et aigri. Les types trop fatigués se reposent, et ceux qui ne trouvent pas la paix la cherchent dans l'ivresse, dans le sommeil à poings fermés d'une sérieuse cuite.

L'ensemble s'efforce de tenir. Avec l'habitude, tout devient possible, mais l'habitude est dure à venir.

Brûlé, tanné, cuit, mordu, on est heureux d'échapper à la fatigue, de la braver, de jouer avec la tâche d'un pas élastique, une bonne poigne, des reins souples. On vit avec des forces accrues, et la journée de travail n'est plus aussi désespérément longue qu'au début.

Pendant les pauses, le cantinier fait son apparition, poussant devant lui un wagonnet chargé de bière, de soupe, de tomates, des nourritures vagues, notre réconfort.

La récolte du sel n'est plus le rendez-vous d'un damné avec son enfer, mais celle d'un travailleur avec une tâche et des copains retrouvés d'année en année. Mais pour un débutant, c'est la galère. La peine du début est difficile à surmonter. Dès le matin il faut faire appel à la résistance. Les forces s'épuisent longtemps avant la fin du jour. Le coup de sifflet d'une pause est longuement attendu. La brouette et sa pesante charge dans les bras, sous le fouet du soleil, on est comme un vieux cheval dans une côte. L'heure du déjeuner, à l'ombre d'un arbre lointain, met une trêve à la souffrance. Corps étendu, la tête à l'ombre, le repas expédié, les forces se réparent dans un oubli total, une douce fermentation de rêve et de bien-être.

Mais la clameur de la reprise s'élève bientôt. Après le sommeil qui semble venu des profondeurs de la terre, comme l'état de profond repos des choses naturelles en été, c'est la réapparition dans le monde humain de la tâche, dans le cauchemar blanc et la lumière crue.

Les membres las et douloureux, la tête lourde, les forces vidées, on reprend une tâche qui exige un trop-plein de forces pour être subie. On se sent damné, séparé pour toujours de la communauté des vivants, l'âme et le corps desséchés par la torture du travail.

Ironiquement, pendant qu'il est si dur de trimer pour arracher l'existence, des richesses sont tout près gaspillées : vrombissement des moteurs, coups sourds de grosses pièces des cuirassés pendant leurs essais de tir, claquements des mousquetons des fusiliers marins qui s'entraînent à proximité dans le marais.

On rêve de mourir, de crever pas loin dans le silence bienheureux d'un petit bois. On se sent vivre dans un monde qui n'a ni queue ni tête, comme si l'homme avait été jeté dans la vie comme dans un marais et qu'il ne puisse s'y maintenir qu'en se châtrant de sa conscience, en se scalpant de sa raison.

Sur le chantier, rien n'est prévu pour nous. Nous sommes traités en bétail, en hommes durs. Pas un seul coin d'ombre organisé pour la pause.

A midi et le soir, la plupart des gars mangent à la cantine, une baraque goudronnée au sol de terre battue et qui sent la vinasse et la sueur, l'odeur de l'homme du sel. Les mêmes gars retrouvent pour dormir la paille d'autres baraques, et si un poivrot fait du tapage, préfèrent parfois dormir dehors.

A présent, je peux aller et venir par là fraternellement. Le paysage ne me ronge pas de sa grandeur acide. Je ne le vois plus comme la première année : moi aussi, j'ai surmonté la peine du début.

Dans le village, je croise des copains de travail et des pêcheurs, de vieilles connaissances. Me voilà tout à coup vivant de la vie des salins.

C'est une belle journée de septembre. La brise de mer souffle, des pêcheurs entrent boire un coup, apprêtent leur bateau en blaguant. Des phonos gueulent des airs à la mode pour les marins qui passent sur la place. Les petits bateaux de guerre, dans le port, ont des oriflammes qui flottent dans le vent comme des rubans.

Une lumière douce emplit toutes les choses, les hommes, leurs tricots, la pouillerie des barques. C'est déjà une lumière d'arrière-saison. La mer invite au voyage. Des mondes lointains hantent l'imagination.

Douceur d'un café, d'une cigarette. Douceur d'être assis avec des membres dispos, d'être là dans un monde inconnu, à tu et à toi avec les choses et les hommes. Une poigne s'abat sur mon épaule, celle d'un copain.

Du village à mon abri sous les arbres, il y a bien quarante minutes de marche. En longeant la plage, un rideau de roseaux dissimule la vue des étangs. On n'entend plus que le vent qui soulève les rubans de varech et le sable. Rien que du varech sous les pieds, du varech comme une toison morte, du sable, des seiches, la mer, l'idée de la mort et de la dispersion, l'inconscience ensoleillée. Joie d'exister dans les choses muettes, de voir, d'imaginer, d'être sur deux pattes, sentiment de la vie.

J'atteins la pinède, mon abri.

Sur les gars du chantier qui se disperse souffle un vent d'aventure, la bonne et la mauvaise.

Déjà il fermente dans les veines. Si dans un instant, à la paye, nous n'avons pas notre compte, le bloc de nos épaules fera sauter la baraque.

Le compte est juste. Les dernières journées montent à cinquante-huit francs, notre sueur est réglée au prix habituel. Le tâcheron paye, mais le cantinier, hélas, retient une bonne partie de la somme ! En fin de compte, on est surpris d'avoir gagné si peu : suppléments de viande, de bière, tournées qu'on n'a pas comptées sous le coup de la fatigue. La pension est chère, le commerce local nous traite en touristes. La besogne ne laisse guère une marge sérieuse de profits qu'aux gars d'ici, ceux de la Londe ou de Hyères, qui vivent dans leur famille, et aussi aux Arabes, qui s'associent par bandes de cinq ou six. Tous les autres sont dupes.

Déjà souffle le vent d'automne. La fin du sel correspond à la fin des vendanges. Déjà pèse l'angoisse de l'hiver pour les gars de plein air, les sans-le-sou d'avance, devant la suite des jours sans travail.

Devant la baraque noire, crachant dans les canaux, buvant un coup, c'est notre dernier rendez-vous. Tous libres, les mains libres, les forces libérées, l'humeur fraternelle.

Connus, reconnus, estimés par les leurs, les solitaires se sentent en famille. Un prénom, un lien de fatigue et d'estime, nous unissait à d'autres prénoms, à d'autres poignées de main fortes.

Et voici maintenant que le vent disperse notre communauté, chacun de son côté, au hasard, comme les feuilles. Avec la récolte qui se termine, comme un tourbillon de poussière, notre monde disparaît au tournant.

XIV

Canard Moué

Il y a six mois que je n'ai dormi dans un lit. J'ai bourlingué tout l'été. J'ai vu de nouvelles choses et refait malgré moi connaissance avec des anciennes.
Dormir ou manger, j'ai vécu à terre.
Le travail m'a conduit ici et là, j'ai suivi sa piste. D'anciennes pistes et de nouvelles pistes, le gibier du travail est rare. Va-t-il se dérober à présent?
En plaine, j'ai cueilli le tilleul, en montagne, retourné le foin. Des bricoles qui n'ont rien rapporté.
Dans la haute montagne, j'ai fait du terrassement, dans les Basses-Alpes, la récolte de la lavande, celle du sel aux salins d'Hyères.
J'ai fait de mon mieux, en traquant la bête du travail pour épargner sur ma chasse. Je me suis nourri le plus économiquement qu'il est possible, sans user du restaurant ni de l'hôtel. J'avais sur moi l'hôtel-restaurant : mon havresac, la marmite, la tente et les couvertures.
Je n'ai pas suivi le caprice, mais le gibier du travail. Pour l'automne, j'aurais voulu être en Espagne. Il fallait quelques avances pour m'y rendre. Là-bas, sans

doute, j'aurais trouvé à m'employer à la récolte des oranges, vers Valencia.

L'année a été pluvieuse. Les journaux ont signalé des inondations. Je suis arrivé aux salins d'Hyères à l'époque où, normalement, commence la récolte. La direction des salins a estimé qu'il fallait attendre, qu'un temps plus favorable permettrait une récolte plus abondante. Quinze jours, un mois d'attente sur lesquels je ne comptais pas.

Au début, j'étais noyé par l'inquiétude. J'ai cherché du travail ailleurs, il n'y en avait pas. Les vendanges aussi commenceraient avec un sérieux retard. Quoi faire d'autre ?

L'attente était douce. J'ai fixé mon campement sous les pins, près de la plage. Il a fait beau. Une chaude lumière règne dans le sous-bois et sur les étangs.

J'ai chassé la nourriture dans les arbres. Dans les pins parasols, il y a des pommes de pins. J'ai cassé les pignons entre deux pierres pour en extraire les amandes menues. Il y faut une patience d'ange et il est bon de procéder en série. Il faut grimper aux arbres, trouver un arbre accessible, s'écorcher et se défendre des taons avec une branche de feuillage.

J'ai fait aussi la pêche aux crabes dans les canaux des marais, mais malgré toutes les chasses, il a fallu entrer tout de même dans les boutiques d'Hyères pour acheter le lard et les spaghetti. Il n'est plus rien resté de l'argent gagné à la lavande quand le sel a commencé.

Sans le vouloir, j'ai pris un mois de vacances, un mois d'oubli à demi nu, les livres, les lettres, les bains, le temps a coulé.

La récolte a commencé. J'ai tenu le coup aisément. C'est une ancienne piste de fatigue. Je suis fait à la pelle, à la brouette, à la pesante charge, à l'éclat de neige des champs de sel.

Tout allait bien, mais la pluie est revenue : des journées de perdues. Puis le temps a tourné, a tourné à l'orage, l'orage a tourné au déluge pendant la nuit.

A l'abri précaire de la tente, je ne crânais pas dans la tempête. Les arbres craquaient. La légère toile, est-ce que le vent allait l'emporter ? Un feu d'artifice livide, un bombardement d'éclairs dans le vacarme du vent et des vagues.

Au matin c'est fini. La nature reprend haleine. Elle est lasse. Un flot boueux s'étend au large.

Les prévisions de la direction des salins étaient mauvaises : le retard apporté à commencer la récolte tourne au désastre. Pour moi, c'est quinze jours de travail au lieu de quarante, après une attente d'un mois.

Il faut renoncer au départ en Espagne.

Maintenant j'ai un lit, une table et des chaises dans la maison de Canard Moué. J'échappe à l'hôtel.

A huit heures du matin il fait frais en automne, bien que la journée s'annonce belle. J'hésite même à me laver au ruisseau. Il y a là une petite écluse et une cataracte où Canard Moué prend sa douche.

Dans la maison il ne fait pas chaud. C'est une maison à courants d'air. Elle a un toit, mais pas de plafond, et le sol est en béton. Elle n'est pas terminée. Un puits est à côté d'elle en construction.

Le ruisseau arrose une vallée maraîchère, des prés, des rideaux d'arbres. Des pommes sont tombées sur le sentier boueux qui va au ruisseau. Un paysan ramasse ses courges avant les gelées. « Bonjour ! »

Le village moyenâgeux sur une colline, moitié verdure et moitié pierre, s'offre au soleil comme un lézard gris. Dans le lointain de la vallée, la montagne bleue coupe l'horizon. Odeurs de fruits mûrs et de terre fraîche. Les figuiers n'ont pas perdu tous leurs fruits, on cultive l'œillet pas loin, les enclos du village contiennent des terrasses d'orangers.

Les odeurs se mêlent. Le ruisseau roule le sang clair de la terre matinale. La terre respire la lumière d'automne.

La vallée abrite des fermes, des paysans qui cultivent en famille et vendent leurs produits au marché de Nice, à moins que passe un intermédiaire.

— Oh ! les belles courges ! dit Canard Moué au paysan. C'est pour le cheval, les courges ?...

— Oh non, ce n'est pas pour le cheval, dit le paysan.

— Aussi je me disais que c'était dommage que ce soit pour le cheval. Combien ça vaut, si ce n'est pas pour le cheval ?

Canard Moué soupèse la courge, et l'emporte pour quelques sous. Il sait acheter et il sait vendre. Du temps où il vendait ses petites bêtes, ses poulets et ses canards muets au marché, il m'a conté lui-même une histoire de petits canards muets vendus à des Anglais au prix fort.

Il déploie une ruse énorme, des préparations savantes de maquignon normand pour de petites, très petites choses.

— Ah! alors, vous allez au village? (Canard Moué ne me tutoie pas.) Oh! il me faudrait une lampe de poche, des allumettes...

Il faut bien quelques compensations à l'hospitalité sous son toit. Tout à l'heure, je refuserai, d'un geste large, auquel il s'attend, le remboursement des petits objets. Ainsi tous les rapports de la journée sont de la petite comédie.

C'est un gars solide, bien planté sur ses jambes, fort et léger. Tandis qu'il apprête sa courge, des refrains espagnols lui reviennent en mémoire.

— Vengo de l'Ombri-i-i-i-i-i-a
De mercar mo-o-o-o-o-o-o-o-ras...

Toute la vie l'amuse. Il chante et se trémousse à la manière des gitanes, il chante des airs ensoleillés et naïfs.

Il a des hommes une vision amusée. Tous sont à ses yeux des phénomènes. Il évoque un copain de notre connaissance et il rit.

Il est séparé des hommes pour avoir souffert pendant sa jeunesse de la moquerie des gamins : il a une tache au visage. Il lui est arrivé de frapper à mort un autre gamin pour cette tache, là-bas en Espagne, chez lui.

C'est extraordinaire que je jouisse de son hospitalité. D'où cela vient-il? A ses yeux, je suis peut-être plus amusant et plus fou que ceux qu'il a croisés, ou bien je semble plus instruit, ou j'écoute mieux ses histoires, ou bien se sent-il caballero avec un hôte sous son toit, ou bien encore est-ce parce qu'il a souffert dans ses dernières randonnées à bicyclette, toute une nuit sous la pluie, devant la maison d'un paysan, en implorant qu'on lui ouvre, restant sous le porche toute la nuit malgré la menace d'un coup de fusil !...

Il fait cuire sa courge, la découpe en tranches menues et s'attable pour manger, lentement, comme mange sans doute le paysan de Valencia, en donnant tout son prix à la nourriture.

Je prépare mon riz. Quand il sera cuit, je lui en offrirai, il le refusera. Il serait honteux, à ses yeux, que son hôte le nourrisse... et il craindrait aussi d'être amené à nourrir son hôte.

Lui non plus ne roule pas sur l'argent. Sa maison, il l'a faite de ses mains. Il a essayé l'élevage des poules. Il vient d'être manœuvre. On débauche à la fabrique. Il est sans travail et s'apprête à filer en Espagne pour la récolte des oranges. Sa mère est là-bas.

— Il faut, dit-il sentencieusement après avoir éternué, que je fasse désapparaître ce léger enrhumage...

Pourquoi, aussi, vit-il toujours avec ses grands pieds nus sur le béton de sa demeure? Je le contemple : il partira en Espagne à bicyclette, il se nourrira de pas grand-chose tout le long de la route et il arrivera sans fatigue. Je ne peux pas en faire autant, je n'ai pas son coffre.

Tout en mangeant, il saisit un fascicule et peine à déchiffrer le sens mystérieux du texte français, espéranto ou espagnol. Canard Moué s'est appris à lire tout seul. Il a une immense soif de connaître, de parvenir à la beauté morale que donne l'instruction.

Mais la vie le bouscule, le travail le bouscule, il est sans guide. Etre médecin, professeur, interprète, comme c'est beau!... Peut-être parviendra-t-il à mi-chemin de la côte à la fin de sa vie?

Il est déjà sorti des idées de son village : il ne croit plus au bon Dieu, il sait que la terre est ronde, il connaît les parties externes et internes du corps humain.

La maison s'orne d'un carreau de faïence, qui s'orne lui-même d'une belle étoile espérantiste. Canard Moué a mis sa noblesse en écusson.

L'étoile en voit de drôles. Elle voit son protégé jouer à la vaca et au torero avec la chienne aux flancs maigres, elle le voit danser pieds nus. Elle le voit se grattant la tête, elle l'entend dire un mot mystérieux, lâcher la pioche qu'il tient pour courir au dictionnaire.

Cette étoile espérantiste, c'est la raison sociale de Canard Moué, sa raison sociale et sa poésie. Qu'il soit fermier, éleveur ou manœuvre, tout ça n'est rien. La raison d'être d'un homme réside dans ses aspirations et non pas dans les rôles auxquels la vie le pousse. Cette étoile signifie l'amour de l'humanité.

En parlant de la « banda », il peut dire, avec un haussement d'épaules : « Que font-ils, eux, pour l'humanité?... »

La « banda » habite un grenier au village. Qu'ils soient six ou bien trois, qu'ils soient Français ou Espagnols, ou Allemands, que la « banda » ce ne soient plus les mêmes, que d'autres viennent et que d'autres s'en aillent, la « banda », c'est toujours la « banda ».

— Qué banda! dit Canard Moué en évoquant des figures différentes de jeunes vagabonds. Et il rit. Mais il les méprise.

Il arrive que dans la bande il y ait un espérantiste. La valeur du groupe remonte alors quelque temps à ses yeux.

La « banda » est venue nous voir. Trois ou quatre gars aux allures cyclistes. Ils sont de bonne humeur. Un large sourire en berne, ils sont venus voir comme ça, pour se distraire, l'étrange chose, Canard Moué abritant un copain. Est-ce bien possible?!

Qu'est-ce que je peux bien offrir à la « banda »? Il y a les pommes que j'ai achetées hier à un paysan.

Quelle surprise! Manger quelque chose dans la maison de Canard Moué! La « banda » rit. Est-ce possible?

La « banda » prend ses quartiers d'hiver dans le village. Elle est florissante de santé et de prospérité, de tricots neufs, de pantalons cyclistes neufs. Chacun s'est spécialisé depuis quelques années dans les travaux saisonniers. Le cycle de la récolte des fruits les conduit dans le Var, les Bouches-du-Rhône, en Vaucluse. La matière du travail — cerises, pêches, melons, raisins, figues — pourvoit pour une bonne part à la nourriture.

Un roulement de vie qui se répète d'année en année. A moins d'imprévu, il y a toujours du travail pour eux chez les mêmes patrons. La « banda » aussi a un idéal, une vision de l'existence : protéger ses poumons de la poussière des usines, vivre de peu, travailler le juste nécessaire en attendant de se soustraire complètement à l'exploitation des patrons, en s'établissant sur un coin de terre et y construisant sa maison, comme Canard Moué. Toutes choses qui impliquent une féroce économie, de robustes instincts d'épargne.

Canard Moué dit en parlant d'eux : la « banda », mais les trois gars sont ensemble par hasard, réunis par leur habitat, par leur conception semblable de l'existence. La « banda » se fait et se défait.

Oui, c'est vrai, la « banda » ne fait rien pour l'humanité.

Il n'y a pas de travail chez les paysans de la vallée, sinon Canard Moué travaillerait pour eux. Je ne sais sur quoi je vais me rabattre : sur le hasard, sur le travail des jardins ou sur un chantier de terrasse.

En général ici on préfère la main-d'œuvre immigrée, la main-d'œuvre souple, les Piémontais illettrés qui ont de la vie la vision de leur village, — il y a toujours eu des riches et des pauvres, hélas, nous sommes pauvres ! ça n'est pas nous qui commandons, c'est le maestro, le padrone...

La main-d'œuvre qui travaille le dimanche fait neuf ou dix heures sans s'inquiéter s'il y a des chômeurs. Ceux qui ne pensent pas ainsi, on ne les rencontre plus ; ils sont ailleurs, expulsés.

J'espère un jour travailler sur un chantier où les gars se feront respecter. Faut-il aller dans les Pyrénées, avec les terrassiers espagnols ? En tout cas pas du côté de cette frontière. Les types se laissent engueuler et, c'est la norme, font des heures supplémentaires. Avec eux, comme eux, j'ai ri du bon rire des bêtes de somme, mais c'est là toute notre fraternité.

— D'où viens-tu ?

— Pourquoi as-tu quitté Paris ?
— Il n'y a donc pas de travail à Paris ?
— Tu es Français, tu devrais travailler dans un bureau !
— Ah ! si je savais bien parler français !

Presque partout, j'ai été le Français sur les chantiers de terrasse. Dans la fatigue j'ai trouvé la vie bonne, mais souvent j'ai soupiré après les huit heures et méprisé mes compagnons d'infortune pour leur soumission, leur absence de ressaut. Puis j'ai croisé des syndicalistes immigrés, de vrais hommes, impuissants ici avec leur carte d'étranger.

Il faut vieillir pour apprendre à aimer les hommes. Dans le travail, j'ai aimé surtout la nature qui nous entourait : la lumière en montagne, les pins et les mélèzes.

XV

Jardins de Nice

Un hectare de plantes, d'arbustes variés, de fleurs de serre. Un calme tropical dans le jardin, un bruit d'outil. Un type arrose les plantes. Si le patron n'est pas là, c'est qu'il est au bureau ; s'il n'est pas là, c'est qu'il va revenir.

On demande des jardiniers-horticulteurs. Je ne suis pas horticulteur, et chaque plante devant moi pose le mystère de sa croissance. Mais j'ai été jardinier, je suis devenu jardinier ; j'ai même un bon certificat de deux ans qui le prouve. C'est un vrai certificat, un bon certificat. J'ai retourné les pelouses à la bêche, semé le gazon, entretenu la fioriture des parterres, sarclé les allées, ratissé le gravier. Je peux me défendre et me mettre à la page.

Le patron a sourcillé, car mon certificat n'est pas d'ici, et si je suis jardinier il n'indique pas que je sois horticulteur. Il a paru hésiter, il m'a posé une question. Je n'étais pas prêt au bluff, j'ai bafouillé ; il ne s'en est pas aperçu.

— Venez demain matin ici à sept heures !

J'ai de la chance. Il n'y a que trois jours que je suis arrivé, et j'ai du boulot déjà.

Mais la maison de Canard Moué est loin du village, le village est loin de Nice et l'horticulteur loin du centre de Nice. Ça ne fait rien, je suis heureux. Je changerai de domicile, voilà tout, après la paye, quand je pourrai.

Le réveil a tinté près du lit de Canard Moué. Il m'a appelé. J'ai pris du pain, des pommes et des figues sèches pour la journée. Sur la route nationale, je suis monté dans le car. Je ne suis pas en retard, le réveil avançait.

Des étoiles brillent. Il est cinq heures et demie. Des paysans montent avec des paniers de légumes et de raisins de treille. En arrivant à Nice, j'ai encore une demi-heure de parcours à pied. C'est bon, la marche matinale, mais j'ai encore sommeil.

Des gars arrivent, les anciens francs d'allure et les nouveaux embauchés au maintien retenu. Le patron arrive à son tour. Il habite tout près.

Par groupes de trois et de six, les compagnons partent avec des charrettes chargées de plants et d'outils. Pas très expansifs, les gars : le patron est là.

Le patron lui-même m'a emmené dans le parc d'une villa. Je vais travailler seul. Il me trace une tâche facile : gratter les allées, arroser les pelouses sous les palmiers, sarcler les parterres. Puis il disparaît et me laisse là-dedans. Je ne suis pas seul tout à fait, la grosse villa style château fort espagnol est habitée au rez-de-chaussée par un ménage de gardiens.

Le boulanger et le laitier sonnent à la grille. Une

femme va leur ouvrir, ils entrent. Puis ils disparaissent, le parc retombe dans le sommeil. Des gens passent dans la rue, j'entends leurs voix. Une auto passe.

Toute la colline, les hauteurs de Cimiez sont ainsi peuplées de parcs et de villas inhabitées. Des villas dans tous les styles : le style donjon, le style rococo, le style moderne, le style chalet normand, le style harem, le style mauresque, le style cossu, le style superflu.

Dans les villas habitées, de vieilles personnes prolongent leur existence en régnant sur une tribu de larbins en tenue de service. L'argent fait tout marcher au pas, au pli. Ici la nature est mise en plis, elle est bouffonne.

Mais la plupart des villas ne sont habitées que deux mois dans l'année. Le reste du temps, elles sommeillent derrière des remparts de murs et de grilles, derrière un beau rideau de verdure. La végétation s'évade des murs.

Dans la vieille ville, le vieux Nice, dans le dédale des ruelles droites habitent les maçons. On dit qu'il faut détruire le vieux Nice, qu'il sent mauvais, que c'est un foyer de tuberculose, que les enfants y sont souffreteux, que la lumière ne pénètre pas dans les maisons, qu'en plein jour les boutiques s'éclairent à l'électricité.

C'est le Nice des prolétaires, le quartier le plus humain et le plus vivant. Plein de cris d'enfants, un grouillement de ghetto. L'œil est happé par les étalages, les quartiers de bœuf saignant, par le linge qui sèche aux fenêtres en taches multicolores, par un afflux de soleil dans une ruelle transversale, par un frémissement de vieille ville italienne.

Il n'y a pas de distances entre les gens qui se croisent dans les rues. Entre dans une cave où l'on boit du vin au comptoir et parle au patron, il te répondra comme à une vieille connaissance et les types qui trinquent te raconteront leur vie en cinq minutes. Les beaux quartiers, les quartiers chics sont les quartiers morts.

Je sarcle les allées autour du torticolis des parterres. Des murs, des grilles, des séparations. J'ai du mal à comprendre le goût des propriétaires de villas.

Après le large des champs, le large de la vie en été, j'ai du mal à comprendre le goût des civilisés, les singes, pour la possession des villas inhabitées, pour la nature ridiculement mise en plis derrière des grilles et des serrures. La neurasthénie fleurit, l'homme est l'ennemi de l'homme.

Avec le silence pour compagnon, je mène la vie d'ombre travailleuse jusqu'à l'heure du repas. Il est léger, le repas. Heureusement il y a dans le parc un figuier.

Dans la sieste, je retrouve l'innocence animale. Rien n'existe plus du monde des singes. Puis je reprends la tâche, elle n'est pas pénible. Autre chose est d'être là dans ce monde étranger, de sentir autour de soi, sur toute la vaste colline et dans la ville un monde aménagé au goût des singes, chaque morceau de nature découpé et encadré de murs, la terre en petits pâtés, et que ça semble ainsi naturel à ceux qui possèdent et qu'ils soient ainsi satisfaits.

De la vie du large je ramène une âme de Mohican, des états d'âme de crève-la-faim étonné. Je gratte le sol avec mes outils et je trouve consolant de penser à l'éternité, que la terre reprendra ses droits, que le monde artificiel retournera à la poussière.

La vie est un songe, la vie est un cauchemar, mais j'imagine un monde plus sain, plus généreux, le monde des maçons de la vieille ville. Pas de grilles, pas d'esclaves. Des maîtres, je n'envie pas le ridicule. Je lis l'organisation sociale dans un jardin, la barbarie dans les murs qui l'entourent. Ils se retranchent, ils dictent, ils commandent, ils pensent que c'est pour mieux vivre. Je suis là à gratter leurs allées, parce que j'ai besoin d'argent pour manger. C'est étrange. Ce n'est pas un travail sérieux.

Avec un tuyau d'arrosage, je laisse tomber une pluie brillante, un feu d'artifice aquatique, la voie lactée d'une fine pluie sur le jeune gazon, en dessous des hauts palmiers.

Un jour de grands architectes paysagistes viendront tracer de grands parcs sans murs ni grilles pour les hommes libres de la ville future, pour des hommes ayant du large dans le regard, pour les maçons de la vieille ville.

Une lumière douce et grave sur les collines bleues qui s'avancent jusqu'à la mer. J'ai levé la tête. La terre rêve, plus belle que l'homme, et comme si je devais accorder mon esprit à la beauté entrevue, je chasse les pensées rageuses.

Changement de décor. J'ai quitté le château fort espagnol pour le chalet normand.

Le travail se fait en équipe. En un rien de temps le

jardin est changé. Le parterre, les cercles, les croissants sont bêchés, ratissés, ensemencés, les rosiers taillés.

Ma pratique du métier est largement suffisante, d'autant plus que la besogne délicate est faite par l'ancien de la maison.

Le travail avance, mais le patron vient et s'agite pendant des heures derrière nous. A l'un il tire le râteau des mains, rageusement il donne une leçon de choses. Aucun geste à faux ne lui échappe. Il répand lui-même l'engrais. Personne n'est capable, selon lui. Il engueule tout le monde, nous sommes huit, des gars de vingt à trente ans, Italiens, Suisses, Danois, Français.

Je lui casserais bien la gueule si ça pouvait se passer sans complications. Mais après tout c'est un malade, le petit homme noir dyspeptique. Le pauvre type s'agite avec derrière lui son avorton, un jeune idiot, au vrai sens du mot, qui va bavant à la remorque de son père.

La bonne tactique pour chacun est de laisser ruisseler les paroles. Ça coule et ça ne tache pas. Les gars laissent le type gueuler.

Le travail en équipe n'est pas ennuyeux. Il avance plus vite. Le plus capable est chargé des tâches les plus délicates. Il y a beaucoup de travail quelconque. Comme je ne suis pas un vrai horticulteur-jardinier, je fais ma part dans les tâches grossières.

Ça me va, sauf quand faute de fourches disponibles il faut ramasser avec les mains — les roses ont des épines — les branches de rosiers taillés. Alors je fais des manières, j'utilise un râteau et une triandine pour faire ma brassée de débris.

Après avoir gueulé après d'autres, la fourmi noire s'en prend à moi. Je ne vais pas faire d'esclandre, j'ai besoin de travailler. Je ne vais pas sursauter pour un raclement de gorge. Il faut accepter, c'est la vie, le travail avec ses inconvénients.

Le bonhomme gueule, mais le jardin est fleuri. Il domine une hauteur, où l'on voit tout de loin.

Quelques jours ont passé, j'ai déjà surmonté quelques engueulades. Mais je crains que le type ne se trompe avec moi, qu'il ne me prenne comme tête de Turc si je ne dis rien. Je l'aurai à l'esbroufe.

— Voyez-vous pas comme c'est idiot de ramasser avec un râteau ?

— Il n'y a pas de fourches.

— Et vous ne pouvez pas ramasser avec les mains ? Vous vous croyez sur la promenade ?...

J'ai ouvert mon gueuloir et sans me fâcher, d'une voix forte, calmement, j'ai déclamé :

— Si je suis ici pour travailler, ça n'est pas pour m'enfoncer des épines dans les mains comme Jésus-Christ !

Le petit homme s'est tu, il ne m'a pas fichu à la porte. Peut-être j'ai gagné la tranquillité ? Le travail me plaît.

Il paraît que les gars travaillent le dimanche, que le travail presse ; d'autres villas attendent notre visite. Ils s'en accommodent, les salaires sont bas. Neuf heures par jour, 24 francs. Au repas de midi, un simple casse-croûte — le travail n'est pas trop pénible —, le chômage règne, les types se contentent et se résignent. Vaut mieux ça que rien.

En sortant du jardin le soir, je fais route avec le Suisse et le Danois. Ils ont voyagé pour connaître, pour apprendre les choses, pour se perfectionner dans leur métier. A Nice ils sont chacun dans leur petite chambre, sans autres relations qu'avec la logeuse et le patron. Ils lisent le soir. Ce sont les seuls gars sympathiques du chantier, ceux dont la pensée est ouverte et qui pensent que le monde doit changer.

Je descends la colline. Des parcs, des hôtels, de grandes baies éclairées, des ombres se déplacent derrière. Un univers mystérieux de jardins sans mystères, une brume légère dans les arbres, une certaine couleur automnale de la lumière des lampes électriques de la rue.

Une longue journée en parlant peu, on porte le soir du songe dans la tête.

J'atteins les rues largement éveillées par des ruisseaux de lumière. Les employés sortent des bureaux et des magasins. Une jeune foule heureuse d'être rendue à la rue. C'est l'heure de circulation et de lumière intense comme dans toutes les grandes villes.

Je flotte par les rues. Un chant de gorge me parvient, j'entre, c'est la synagogue. J'y demeure quelques minutes. Ainsi je me laisse frapper par toutes les choses, heureux d'être rendu à la liberté et de flotter.

Peut-être que si je marchais longtemps je rencontrerais un miracle... J'avance dans les rues étroites de la vieille ville, entre les deux rangées de boutiques, les boucheries, les bars, les caves, dans la richesse alimentaire. Les rues bourdonnent comme une ruche de cris d'enfants, de voix, d'appels, de lumière, d'humanité.

Mais j'ai faim. Je reprends le car, j'abandonne les lumières, le bourdonnement, une sorte d'état de songe qui monte à cette saison dans les villes, pour le retour en banlieue, la vie réelle.

Le car me dépose sur la route nationale à l'entrée du village, près de quelques boutiques modérément éclairées. Dans le soir flotte l'entour paysan, l'odeur d'œillets et de légumes, le monde du travail. Une route entre des jardins, la fraîcheur, presque le froid, l'ombre veloutée des collines, quelques lumières sur le village qui va bientôt dormir, et l'apaisement d'un ciel étoilé.

Je rejoins mon gîte, la maison de Canard Moué.

XVI

Peinture en bâtiment

L'équipe de peintres travaille dans une villa. Il y a un très petit parc devant la villa, une courette avec un arbre où viennent quelques oiseaux. A Auteuil ça coûte, dit-on, trente mille francs de location, ce genre de chalet avec parc.

Une jeune femme d'une extrême distinction, assise dans le parc sous l'unique arbre où chantent les oiseaux, rêve et lit des romans policiers, en secouant avec une élégance rare la cendre de ses cigarettes de tabac d'Orient.

Trois personnes sont à son service : la femme de chambre, la cuisinière, le maître d'hôtel qui astique une voiture. Trois personnes à son service, deux voitures, la lecture des romans policiers revient plus cher que dans le peuple. Cent mille francs de revenu, au minimum, ainsi j'évalue le train de vie de la si belle jeune femme et son mari. Car elle a un mari, et c'est presque dommage. Lui doit lire les dictionnaires d'argot et les romans d'Eugène Sue. Il parle admirablement la langue poisse si l'impatience le gagne.

Il y a dans la courette un petit baquet. Un peintre

vient de lui flanquer de belles couleurs, mais le monsieur n'est pas content. Il devient rouge : « Quelle est la bande de cons qui a foutu du ciment là-dedans ! » Le ciment est là pour tenir le fond du baquet. « Qu'on le démolisse ! Je veux du neuf ! »

Tout près des chômeurs stationnent. Ils attendent l'heure de la soupe dans le quartier d'Auteuil. Ils rançonnent — avec combien d'humilité — les passants.

Notre équipe change de chantier. Cette fois, c'est un parc pour de vrai et une villa considérablement plus grande. Très agréable parc, quand les singes sont absents. Ça me rappelle franchement la campagne, mais cette fois c'est du trois cent mille francs de rentes. Des fauteuils d'osier, des pigeons, le vrai calme que je cherche vainement à Paris.

A côté, l'écurie. Des chevaux pour un tour au Bois. Inutiles, les chevaux de course : trop chers à nourrir, — un larbin de plus avec sa famille pour les entretenir.

Combien de pauvres types travaillent pour vous entretenir, toi Azur, toi Tartempion, toi cheval de Madame... Seulement, cela donne des airs... La haute bourgeoisie ainsi perchée se sent devenir féodale au bois de Boulogne. C'est très classe supérieure. Un paysan assis sur son canasson en rentrant des champs ne connaît pas du tout le plaisir de l'équitation à Paris.

Les peintres sont l'aristocratie du bâtiment. Ils se promènent en savates dans tous les beaux décors ; tout leur semble naturel, ils sont partout chez eux. Les bibelots peuvent dormir tranquilles.

Pourtant avec les copains j'ai jeté un coup d'œil dans la bibliothèque. Bibliothèque pour gens du monde, où il y a tout de même du goût : Lawrence, Katherine Mansfield... rien à redire cette fois, le lycée a porté ses fruits.

Une course m'a conduit chez le prince de X... Un building, mais de bon goût. Style de l'avenir, de l'avenir de tous...

Il y a deux entrées : celle des maîtres, et celle que je prends, l'escalier de service qui sent le larbin à tous les étages, le plastron et la courbette, les cuisines compliquées.

Un beau groom, vêtu en général anglais, est venu m'ouvrir, pénétré de l'importance de la maison qu'il représente, flatté de servir un preux.

La cuisine, d'aspect propre et hygiénique, la cuisinière mûre et agréable. Hélas, mes pieds prolétariens doivent fouler l'épais tapis crème du couloir et des salons. C'est éblouissant. La neige, la crème fouettée, une douce chaleur, partout c'est blanc, décor Immaculée Conception. C'est de bon goût, du vrai bon goût. Si je reste trop longtemps, des ailes vont me pousser. Le tapis est plus moelleux que la mousse des arbres, c'est plus doux que la nature.

J'atteins le preux. Le preux chantonne, il est petit. Il pourrait vendre de la moutarde, mais il a des gestes délicats pour jouer à la marquise avec la princesse sa femme. Il est sans façons, mon patron semble très lié avec lui.

Un coup de sonnette. Le général anglais se précipite

pour ouvrir, la princesse arrive sur la pointe des pieds. C'est une amie de Madame. Elles s'accueillent comme deux âmes au paradis, deux êtres vaporeux. « Chère amie, ne butez pas dans les obstacles ! » Du vestibule au salon, la princesse protège son amie de prévenances, d'attentions, d'un vol tourbillonnant contre d'invisibles adversaires. Un fauteuil Louis XVI tend ses bras et son derrière immaculé à la nouvelle venue.

Le preux chantonne, les regards répandent des caresses sur les objets. J'emporte un vase de Chine, laissant derrière moi de l'inquiétude. Est-ce que le vase sera brisé ?

Je retrouve la rue, le macadam, la nature, le ciel grossier, les arbres rugueux... Un chômeur me tape de cent sous. C'est un vieux travailleur agricole, il vient de la campagne, il cherche la soupe populaire. Il n'a rien du clochard professionnel.

Dans l'étage que j'ai en tête, dans l'appartement des papillons aristocratiques, la vie continue, délicate.

C'est samedi, le chantier se termine. Le commis est venu faire la paie, il règne un peu d'inquiétude sur le chantier.

Je n'ai pas d'inquiétudes personnelles. Quelles que soient les fluctuations du boulot, à la boîte, je suis inamovible ; on aura toujours besoin de mes services pour les courses, le ménage, pour peindre des bricoles.

Il y a d'autres chantiers en perspective, mais il n'est pas sûr que notre singe ait obtenu le travail. Félicien s'inquiète. C'est le meilleur compagnon, il est le plus vieux. Ivan aussi s'inquiète, il est le plus jeune de tous, il n'est pas du métier. Un copain, notre chef de chantier, l'a embauché en fraude et ainsi soustrait au chômage; sans travail, c'est le retour à la solitude, sa petite turne de Barbès et la faible allocation de chômage pour s'entretenir.

Nous sommes six compagnons, chacun se tâte le pouls. En fin de compte, Félicien est saqué. « Ça y est, je suis trop vieux, on me débarque ! »

Si le travail est rare pour tous les peintres, il est encore plus rare pour les peintres âgés. Les patrons, par pitié sans doute, n'aiment pas voir mourir les vieillards sur l'échafaudage. Félicien n'est pas un vieillard ; il frise seulement la soixantaine, mais il est usé, ce qui n'empêche pas qu'il tienne encore sa place sur le chantier.

Il récapitule sa vie en blaguant :

— Tu vois, mon froc ? Après plus de quarante ans de travail, c'est mon seul capital !

Il exagère, il en a de rechange, il arrive toujours très propre au chantier, comme tous les compagnons à Paris.

Félicien a été débarqué le samedi. Le mardi suivant je l'ai vu revenir :

— Mon vieux, tu es mon aide, je suis ton chef, prends les échelles avec un taxi ! On s'en va sur l'autre chantier.

J'ai dit :

— Comment ça ? Qu'est-ce que c'est que cette histoire ?

Il rit comme un vieil enfant heureux de son aventure :

— Tu vas comprendre! J'y suis allé au bureau, pour chercher un certificat. Le commis m'a dit : Entrez monsieur Félicien! Le patron m'a dit : Asseyez-vous Félicien! Il m'a causé comme je te cause... Je me suis assis dans le fauteuil, il m'a offert un cigare.

Et voilà, et ça semble beau à Félicien que le patron lui ait causé comme je te cause.

Félicien devient le chef, et moi son bras droit. Je vais chercher le litre de rouge ou le blanc de zinc sur un signe. A ses yeux, sanctifié par le bureau où je passe tous les matins, je suis une autorité, mais je respecte son autorité.

Je bondis chercher le pinard quand les compagnons ont soif, je me rends utile suivant ses indications. Dès que je lâche le balai, quand le chantier est propre, il s'emploie à m'apprendre le métier, enduire, mastiquer.

Félicien m'aime bien parce que je mets du cœur à l'ouvrage. Pour lui, l'ouvrage, c'est tout. Les châteaux, les villas, les appartements des riches, c'est fait pour que les peintres y fassent de la « belle ouvrage », pour que, passant le dos de leur main sur une surface peinte, ils puissent dire à la délicatesse du contact : Ça va! Il regrette le beau travail d'autrefois au poison de la céruse...

Félicien est flatté, le chantier est d'importance. Nous sommes une douzaine de compagnons; l'appartement est grandiose. Pour faire bien dans le récit avec les peintres qu'il rencontre, Félicien va jusqu'à exagérer le nombre des pièces et des salles de bains. « C'est près du Bois, pour un grand banquier étranger!... »

Il dirige le chantier paternellement. Nous sommes une douzaine de compagnons embauchés au syndicat, des anciens copains de travail. Un bon esprit règne; pas de courbettes. Le peintre qui chante continue sa chanson quand les gommeux, notre patron, arrivent, ou quand un groupe parfumé et aristocratique — clients, visiteurs — passe dans le chantier.

Le chantier est vivant : des plombiers, des briqueteurs, des parqueteurs, des gars du bâtiment. Sur les plâtres, j'ai dessiné une belle faucille et un marteau. Les visiteurs passent sans rien dire; Félicien passe à son tour, et pour ne pas faire de la peine au beau monde, efface notre signe de ralliement.

XVII

Les terrassiers

Sur le chantier de la place des Invalides, les terrassiers de l'exposition de 1937 creusaient un réseau de tranchées pour des canalisations qui rejoindraient les égouts.

J'étais entré dans une forte équipe de Bretons, d'Angevins, de Picards bien représentatifs des terrassiers de Paris, qui pour la plupart sont de souche paysanne.

Leur pays les suit. Leur bec demeure paysan. Ils parlent lentement. Les noms des choses, dans leur bouche, disposent d'une force directe d'évocation. Qu'ils disent n'importe quoi, route, vin, pain, bouteille, on touche ce qu'ils nomment. Même s'ils ne gardent pas fidèlement l'accent de leur terroir, leur pays fait écho à leurs paroles. On est avec eux sur de la terre apprivoisée, arrangée, divisée, devenue de la campagne, des champs, des prés, d'un monde où l'homme a pu vivre comme un jardinier dans son enclos. Si leur accent diffère, ces voix d'hommes qui ont appris à parler dans un jardin à blé, à pommes ou à betteraves, sont toujours rassurantes.

Les terrassiers de Paris allient la santé paysanne à la richesse du cœur ouvrier. Ils sont cordiaux et même fraternels. Dans la paix, leurs manières sont celles des hommes en guerre, des hommes de la même tranchée, des hommes camarades. Sur tous les chantiers du bâtiment on devient rapidement un copain.

On ne devient pas terrassier par hasard, le métier attire les natures indépendantes. Un terrassier s'embauche sans stationner devant un portail dans une file d'humiliés. Il n'a pas à collectionner de certificats pour les présenter au bureau d'un chef de personnel. Il s'embauche sans soulever sa casquette. Quand il se présente à l'embauche, il ne dit pas : « Pardon, s'il vous plaît, monsieur. » Le chef de chantier, c'est un gars comme lui, souvent plus vieux, plus gras, plus rouge de la face. C'est rare qu'il n'ait pas tenu le manche. Il a les épaules larges, il porte aussi le colletin et le largeau. Les deux hommes se toisent. Ils ont vite fait de se connaître.

— Je viens voir si t'as de l'embauche, dit le terrassier de sa voix la plus raide.

Il ne demande pas le travail comme un mendiant l'aumône. Il ne se courbe que pour travailler, pas devant l'homme. Mieux il se tient droit, mieux il travaille.

Si le chef a besoin de main-d'œuvre, son examen fait il répond :

— Mon gars, viens demain si tu veux. Amène ta carte syndicale pour que les copains te laissent travailler.

C'est à peu près ça quand il y a du travail. Le métier

attire les natures fières ou rudes. Dans beaucoup de métiers, on gagne mieux sa vie en étant moins fort et sans être plus malin. Dans ceux-là, on est moins fier qu'un terrassier.

Il y a, chez ces fils de paysans, un besoin d'effort, de liberté et de plein air qui leur interdit le bureau ou l'usine. C'est une race à part dans les temps modernes. Elle ne peut pas vivre enfermée. Comme la Coloniale ou la Marine, la terrasse attire les aventureux chez qui domine le besoin de changer d'horizon. Presque dans chaque terrassier il y a un homme qui ne peut pas vivre isolé de la nature, vivre sans voir du pays. Autrefois, les terrassiers voyageaient davantage. A pied, par la route, la pelle et la pioche sur l'épaule, un baluchon passé dans un manche, un jour ici, huit jours là-bas. Ils connaissaient mieux la France, les Pays-Bas et la misère. C'étaient des gueux. S'il fallait chercher dans le monde du travail une forme d'esprit qui soit bien celle des prolétaires, on la trouverait plus pure qu'ailleurs chez les terrassiers. Ils ne peuvent pas penser la vie comme des fonctionnaires, des petits propriétaires, paysans ou artisans. Ils viennent de la paysannerie pauvre, des grangers ou des métayers à famille nombreuse. Ils n'ont rien, ils ne possèdent rien, ils n'auront jamais rien. Ils ne sont pas assez fous pour songer à faire des économies. Ils peuvent parer à un mauvais coup, un accident, une courte crise de chômage. L'avenir leur apparaît réglé pour eux comme du papier à musique. Ils travailleront jusqu'à l'usure de leurs forces sans rêver comme l'épicier de pouvoir acquérir assez pour bâtir un pavillon à la campagne.

Presque tous ont besoin d'un acompte sur la paye de chaque quinzaine. Certains touchent leur paye au jour le jour. La paye d'un gars du bâtiment n'est pas régulière, surtout en hiver. Ils ne gagnent pas assez pour aimer l'argent et avoir souci de le conserver. Ils sont facilement généreux. Ils ne boudent jamais à la solidarité. Ils sont bons gars. Ça tient à leur origine, à la précarité de leurs conditions de vie, à leur travail de plein air, à la fraternité de la fatigue. Mais comment définir leur esprit propre, celui qui les différencie des notaires, des boutiquiers et même des ouvriers d'usine ? Ils trouvent dans leur cœur ce qu'ils n'ont pas appris dans les livres. Le monde a changé, ils sont encore du Moyen Age, des fils de serfs, des Jacques authentiques.

Ce sont eux les premiers qui se sont organisés en syndicat, ont répondu à l'appel de la Première Internationale des travailleurs. Ils n'avaient pas à se délester l'esprit pour comprendre la pensée révolutionnaire. Ils la portaient. Pour eux ce n'était pas un système, une théorie. Elle répondait à leurs aspirations. Ils sont toujours ressauteurs. On ne touche pas à la fierté de l'un sans que l'équipe se détende comme un ressort. Pendant les grèves, eux qui aiment le vin, ils tiennent jusqu'au bout en buvant de l'eau. Quel sacrifice !

J'admirais ceux de mon équipe, leur habileté au boisage des profondes tranchées. Ils savaient les renforcer avec des planches et des piliers pour qu'elles ne s'éboulent pas. Les parois tombaient à la verticale absolue. Ils y creusaient de petites niches pour y placer un briquet, un paquet de gauloises qui délestaient leurs poches.

Je remarquais dans beaucoup de leurs gestes un savoir-faire réfléchi. Un abruti — tout groupe d'hommes a ses épaves — se saisissait de sa pelle pour en faire un paravent pendant qu'il urinait dans la tranchée. C'était d'une délicatesse inattendue.

A Paris, la pelle est large, la pioche est longue, plus lourde que dans le Midi. J'avais un peu d'inquiétude sur mes forces. Les terrassiers sont de plus beaux gaillards qu'en province; ils ne se redressent pas souvent pour reprendre haleine. Je ne me croyais pas tout à fait assez fort pour tenir à tâche égale près d'eux. Je m'attendais à des remarques critiques, à une sorte de frottement hargneux, à des manières de brutes chez les plus costauds. C'étaient au contraire les meilleurs bougres, les plus tendres, les plus gamins, craignant leur mère comme des écoliers, de bons fils qui ne s'étaient pas encore mariés pour rester les soutiens de « leur vieille ».

Ils sont tout pleins d'histoires qu'ils ne racontent pas. Un Breton, un ancien marin qui piochait près de moi, me disait :

— J'ai tout vu, il ne me manque que dix ans de bagne pour connaître à fond la vie.

On connaît mieux son semblable sur un chantier qu'à l'usine. Les personnalités sont plus saillantes, plus variées. Les terrassiers ont la vie riche en expériences. Beaucoup ont voyagé. Ils sont aussi assez nombreux ceux qui sortent des bagnes militaires, réfractaires par principe ou par raideur de caractère.

Leur corporation, c'est un peu le corps franc des bataillons du monde du travail. Ils n'ont pas la bosse de la subordination.

Loin des terrassiers, des maçons, des charpentiers, quand je sortais du chantier, je me trouvais dépaysé dans une foule neutre, raide, distante, fermée, décolorée. J'aimais mieux les relations de hasard sur le chantier avec les gars en croquenots, en sabots, en blouse, en largeau, en bourgeron blanc ou noir, les terrassiers, les peintres, les plâtriers. On se disait bonjour, on se serrait la main, on s'interpellait sans s'être jamais vu. Je me sentais d'une famille, d'une communauté aux mains actives, à la langue alerte, plaisante et bienveillante. J'étais dans mon vrai monde, un monde qui portait peut-être les relations des hommes à l'avenir en leur donnant déjà figure. La rue, les gens raidis, les complets-veston, les visages figés, c'était moins gai que le chantier.

Mon chef d'équipe était aussi un Breton. Il parlait un français choisi. Il avait été séminariste. Ouvrier tourneur, il était devenu terrassier depuis la crise et se plaisait mieux maintenant dans la terrasse qu'à l'usine. Quand il sortait du vestiaire de l'entreprise, ayant quitté ses bleus d'électricien, en pardessus, faux col et chapeau, il ressemblait à l'ouvrier propre qui ne se distingue pas de l'employé. Les terrassiers, eux, sont fiers de leur métier. Ils aiment faire voir qu'ils sont de la terrasse. Au vestiaire, ils changeaient leurs pantalons à la houzarde si commodes pour leur genre d'efforts, larges aux genoux, étroits à la cheville, avec les petites poches pour le double-mètre et la cuiller écrasée qui sert à gratter la pelle. Ils quittaient un bleu ou un largeau noir pour le beau velours de la même coupe en enroulant dessus leur ceinture de zouave, la belle ceinture rouge ou bleue qui soutient le ventre et les reins dans l'effort. Ils changeaient leurs gros souliers pour des souliers bas. Un petit colletin noir sur leur chandail, ils partaient orner de leur belle silhouette l'autobus, le trottoir, le métro, par groupes à la voix sonore, pleine, sans timidité. Des gars nature. Pierrot, mon chef d'équipe, en se rapprochant du modèle bourgeois pour la tenue et le langage, perdait sûrement à se distinguer des terrassiers pour ressembler à l'ouvrier américain ou à l'employé neutre dans une foule neutre. J'admirais les terrassiers, assez fiers de leur métier pour en porter le costume en ville. De la poche de leur colletin dépassait un journal, *l'Humanité* le plus souvent, *le Populaire, le Libertaire*.

Ils habitaient la plupart en banlieue parce qu'on s'y loge à meilleur compte qu'à Paris et qu'ils pouvaient avoir un bout de jardin, trois poireaux, deux poules, une caisse à lapins. Ils venaient de la ceinture rouge. Ils élisent des maires et des députés communistes. Ils les nomment par leur prénom. Leurs représentants sont pour eux non des chefs mais des copains. S'ils ont la bosse de l'admiration, elle s'allie au penchant à l'égalité. Je ne vois pas devant qui aurait pu baisser le regard l'ancien marin, notre délégué. Il aurait tutoyé le pape s'il l'avait rencontré. C'est une conviction chez eux que l'homme n'est jamais qu'un homme sous n'importe quel costume. Le beau parler ou les discours les éblouissent, ils ne sont pas sans reconnaissance pour la musique des paroles. Mais si l'on en tire trop vanité, si l'on se met au-dessus d'eux, ils retrouvent leur fond. Ils savent qu'eux aussi, en allant aux écoles, auraient pu faire dans le monde figure plus avantageuse. Ce ne sont pas des humiliés. Quand on leur porte mépris ils peuvent le rendre.

A leur journée de travail s'ajoute la fatigue des transports en métro, en train. Beaucoup, par économie, ne mangeaient pas au restaurant, mais venaient avec leur repas dans une musette. D'autres, par économie également, mangeaient au restaurant tout en rognant sur leur appétit. Le litre de vin compensait la minceur du bifteck.

Les bruits de Paris dans les quartiers à circulation intense, les bruits des machines des grands chantiers, les longs transports, l'absence d'un repos un peu prolongé à midi, ce repos allongé que prennent tous un moment les gens qui travaillent en plein air, rendent la condition de terrassier à Paris plus dure qu'en province. Il faut bien que les terrassiers aiment le vin et qu'ils le supportent pour se remonter en s'arrêtant au bistrot du coin.

La fatigue existe, mais le métier n'est ni bête ni abrutissant. Il faut travailler en souplesse, surveiller ses mouvements. On ne manie bien la pioche que si on lui a prêté de l'attention. Les terrassiers s'en servent avec économie d'effort. Leurs gestes sont intelligents, bien réglés. Manier la pelle sans excès de fatigue, faire chaque jour une tâche égale exige de l'habileté. Quand il doit rejeter de la terre d'une tranchée très profonde, il n'est pas de terrassier qui ne se réjouisse de son lancer de pelle. De la répétition du même effort naît un rythme, une cadence où le corps trouve sa plénitude. Il n'est pas plus facile de bien lancer sa pelle que de lancer un disque. Avant la fatigue, si la terre est bonne, glisse bien, chante sur la pelle, il y a au moins une heure dans la journée où le corps est heureux.

Le métier est dur, plus dur que celui de paysan. Il est plus dur de faire sa tâche dans une tranchée que d'être derrière un cheval au labour. Les terrassiers ont quand même une vie intérieure. Ils vivent comme les paysans, subissant tous les changements de l'atmosphère. Leur être varie suivant la saison, l'heure, la lumière, le temps qu'il fait. Mais leur pensée n'est pas hantée par les préoccupations pratiques qui absorbent les paysans. Elle est plus philosophique. Leur sagesse est plus généreuse. En piochant, ils remuent de l'éternel. Ils ont comme eux la parole lente, ils ne peuvent dire que leurs pensées les plus simples, exprimer le moins important d'eux-mêmes. Le métier noue son homme à la gorge, il ne laisse de la souplesse qu'aux membres. Beaucoup de ces rêveurs bourrus qu'on rencontre dans la terrasse n'ont pas plus de mots pour leurs songeries que pour les faits de leur vie. C'est le silence et chez certains une sorte de beauté rude du visage qui parle pour eux.

Par miracle, ils ont quelques orateurs ardents pour animer leurs grandes assemblées. Dans tous les mouvements de protestation généreuse, ils sont en avant. Ils ne défendent pas que leurs salaires. Le cœur de Paris ouvrier bat chez eux très fort, plus fort qu'ailleurs.

XVIII

Sur le chantier des Invalides

Des coups de sifflet dominent la confusion des bruits. Au commandement d'un grand gaillard, sifflet en bouche, des terrassiers dans une tranchée tirent par secousses tous ensemble, pour dérouler la bobine d'un câble électrique qui va s'étirant, lourd serpent noir et terreux.

Bien que le gaillard qui commande soit placide, large d'épaules et rouge de visage, ses coups de sifflet ont un ton râleur, critique et impatient; il semble répéter sans cesse : « Allons voyons, là-bas, tirez, bon Dieu, je vous vois ! »

Les coups de sifflet à l'accent de reproche portent très loin leur « ho hisse » énervé. Tous les gars du chantier, ceux que ne concerne pas l'avance du câble, se sentent piqués par l'infatigable moustique du sifflet, ce qui s'exprime par : « Va-t-il pas bientôt la fermer, le grand zouave y nous casse les oreilles avec son tutu. »

L'air du chantier est engrossé de tout le mouvement de Paris. Bêlements, grouillements, ronflements, poussière épaisse des bruits de tout le troupeau d'autos qui s'affole dans une plaine de maisons à n'en plus finir.

Les dernières parcelles d'air immobile sont absorbées par la charge des machines du chantier, compresseuses, bétonneuses, défonceuses, scies mécaniques, mâchent et mastiquent l'air qui n'en peut plus. Les hommes paraissent n'avoir pas leur plénitude de chair et d'os, être des demi-ombres, et dans le vacarme, leurs menus outils n'ont pas de voix particulières. Tous leurs mouvements semblent silencieux. Le raclement de la truelle dans une auge de bois, l'éclatement d'une brique au choc de la martelette, ne se font entendre que de très près. Tous les bruits appartiennent aux machines, les grands outils que dominent aigrement les coups de sifflet aigus du grand diable.

Bruits, odeurs, tout est mouvement. L'haleine de Paris, qui sent la gueule de métro, le celluloïd et le peigne brûlé est assainie par les odeurs de chantier, la bonne odeur du bâtiment, le plâtre, le sable et la chaux, odeurs robustes comme les gars, et même, les jours de pluie, les briques rouges contiennent du soleil, et le sable est campagne et nature, lit de rivière et tranquillité.

C'est à peine si l'on se sent exister dans ce vacarme. Même avec une pioche en mains on se sent peu soi-même. C'est le soir, dans le brusque silence de la banlieue, sitôt les lumières de l'autobus et d'un bistrot quittées, qu'on retrouvera son âme humaine. Là, on est le boulot, les deux bras d'une armée de bras, avec le sentiment d'avoir les reins qu'il faut pour la tâche qu'on remplit et le courage nécessaire.

Il y a des choses humaines dans la tâche : au lieu de vacarme, le sable parle doucement du large. Sans y prêter attention, on le sait. La terre de Paris sur la pelle du terrassier breton évoque des souvenirs agricoles, et toute la terre cesse de sembler appartenir partout rien qu'à l'affolement furieux des hommes et des machines. On supporte mieux le bruit quand on sait qu'il y a du calme ailleurs.

Dans un vaste brasement de matériaux, d'échafaudages et d'édifices en train, près d'une tranchée que les terrassiers creusent, il y a un vieux qui travaille « en banquette », c'est-à-dire à rejeter par côté la terre qu'on lui envoie d'en bas. Frêle et voûté, il fait penser à un moineau mouillé dans les ailes de sa veste qui lui retombe en pointe sur les genoux.

Pendant qu'il risque un pied mal assuré sur la planche jetée en travers de la tranchée, le vieillard s'exclame :

— Bon Dieu, je ne sais pas si je pourrai passer ce matin, j'ai les jambes raides.

L'obstacle n'est pas grand, la tranchée fait quatre-vingts de large, un pas sur la planche et ça y serait. Le petit père fait de vains efforts pour pousser sa carcasse tremblante de l'autre côté.

En bas, un terrassier pose sa pelle contre le parement de sa tranchée.

— Attends, petit père, va pas te casser les reins ! Vas-y maintenant, je te tiens le pied.

Plus sûr de lui, la pelle en point d'appui, le pauvre vieux réussit la traversée de la tranchée.

— Ah ! ce que c'est quand on devient vieux, dit le petit père. C'est que j'ai soixante-treize ans, ajoute-t-il avec fierté.

Le grand rouquin qui l'a aidé tire sa blague à tabac, la tend au vieux qui se roule une cigarette entre ses doigts fanés. Il a cette expression naïve que les hommes les plus durs prennent en vieillissant, des yeux bleus, un regard clair qui pourrait s'amuser encore de menues choses.

— T'en fais pas, petit père, on y viendra pas tous à ton âge, lui dit le rouquin en tirant sur la première cigarette du matin des bouffées gourmandes.

Il fume comme s'il s'exorcisait du découragement, avec l'air, en regardant le vieux, de dire : « La vie est une farce robuste, mais nous sommes plus forts que la farce, nous tenons le coup. »

De temps à autre, un terrassier échappe à l'emprise du travail, au mouvement de son outil, d'un coup d'œil il embrasse le chantier, redécouvre près de lui l'existence du vieillard, le vieux terrassier usé par l'âge qui gagne son pain avec des forces d'enfant, et c'est son destin, si rien ne change, que le terrassier plus jeune aperçoit dans le pauvre bonhomme qui s'efforce, au déclin, d'arracher à la société son droit à l'existence.

XIX

Matin de vendanges

Les volets sont fermés à cause des moustiques. Un filet de jour coupe en deux la grande pièce sombre. Le jour pénètre aussi en tombant par la cheminée, gris-bleu sur la cendre.

Roulé dans un drap sur un matelas posé sur le carreau, je prolonge le repos de la nuit. Les journées commencent tôt, elles finissent tard. Peu de repos au casse-croûte de huit heures, à midi un rien de sommeil sous l'ombre chaude et claire d'un olivier dans les vignes.

J'entends déjà le pas de mon patron, le gros Félix. Il va m'appeler d'une voix toute drôle, fluette, de bébé que la graisse étouffe.

Il fait bon demeurer allongé quand on a bien travaillé la veille, chaque minute de repos a son prix. Le soir, après la soupe, on se sent engourdi de fatigue, presque en bois lourd. L'instant du réveil, c'est le bon moment. Une vigueur nouvelle coule dans les membres, en m'étirant je me sens cuirassé de tissu élastique, de ce caoutchouc dont on fait les lance-pierres.

C'est les vendanges. Dans la rue les gens se hèlent,

voix cordiales et enflées du matin, voix à la voile avec du soleil dedans et de la fraîcheur. C'est le café qui les rend joyeuses ou la goutte d'eau-de-vie avec, ou c'est simplement que pendant les vendanges les paysans sont heureux quand le temps reste clair.

Les croquenots sur le gravier, à coups sourds, disent bonjour au sol comme les sabots des chevaux. On entend davantage la tonnaille de la charrette qui passe que les sabots du cheval qui la tire, les roues grincent sur le gravier, elles vont lentement, hésitantes comme des vaches qui s'approchent d'une fontaine. La charrette craque, les comportes s'entrechoquent avec un bruit de tonneaux éventrés, le charretier émet un « Huooh » barbare, qui est presque un hennissement. A parler cette langue on doit se sentir fort. Elle râpe la gorge, c'est du langage cheval. La charrette précipite son vacarme, le cheval ne fera pas sous la fenêtre son crottin, je ne verrai pas les moineaux picorer comme d'habitude.

Tout le pays sent la vendange. En ouvrant la fenêtre, c'est son haleine qui me revient, l'odeur des caves, le rhum, le vieux bois de tonneaux. Ça sent le voilier pour l'Afrique, c'est l'odeur du matin et de la terre mûre. Une ampoule électrique brûle encore, inutile. Le soleil est levé.

En traversant le cellier presque obscur — le portail est encore fermé — toujours un beau chien me salue. Il gémit, bondit, m'entoure avec ses pattes. Qu'il est maigre ! C'est peut-être pourquoi il est affectueux avec les étrangers... Augustine le nourrit mal.

Elle m'a entendu et m'appelle de sa cuisine. C'est

comme ça tous les matins. Elle me convie d'une voix chantante à venir prendre le café. Sur le même ton de cantique, je réponds que d'abord je me lave un peu.

Elle parle ses gestes en petits versets irréguliers avec une grande douceur volontaire, un ton appris et passé de mère en fille :

> *Voici votre bol*
> *voici le sucre*
> *le café est sur le feu dans la casserole*
> *Georges servez-vous...*

C'est une voix de prêtre qui officie, c'est la messe du café matinal.

Le feu de sarments, un feu mesuré, juste ce qu'il faut, illumine la cuisine. Deux chats presque en porcelaine hument la flamme avec prudence. Il fait encore un peu frais.

Le café d'Augustine, c'est de la chicorée. C'est chaud, le jour qui commence est beau à travers le rideau de sac de l'entrée, c'est du café bon quand même...

Augustine, en préparant le panier avec des gestes quasi religieux, continue sa cantilène matinale :

> *Nous aurons de bonnes lentilles*
> *une bonne soupe de lentilles*
> *vous les aimez les lentilles, vous ?*
> *Demain ce sera de la bonne morue*
> *avec de bons haricots en salade*
> *Pour huit heures nous avons une boîte de thon*
> *de la salade, des tomates et des oignons...*

Je sais que dans la bonne soupe du soir, il y aura du lard rance. Avant de trancher le pain qu'elle place dans le panier que nous emportons, de la pointe du couteau elle trace un rapide signe de croix, elle l'enveloppe d'une serviette propre, elle essuie les verres, les fourchettes, les couteaux. Tout est sacré de ce qui touche à la nourriture.

Elle s'agite, lente et pressée, du buffet à la table. Effrayée, elle allait oublier le sel. Mon Dieu, que dirait Félix. Tout y est, l'huile, le vinaigre, la moutarde, les assiettes et les petites casseroles.

Ample et forte comme une marchande de poissons de Marseille, elle a le port digne des intendantes de grande maison, un visage dur de femme romaine, le nez des anciens rois de France, de larges yeux de statue qui ne sourient jamais, la tristesse d'un général qui a perdu toutes ses batailles. Sa tragédie, c'est la hausse sur l'ail, la salade, car dans un pays sans eau, les vignerons achètent tous leurs légumes. Je m'en vais avant de savoir le prix du corsage qu'Augustine porte depuis sept ans.

J'aime mieux Félix, qui fume sa première cigarette assis sur la pierre du portail. Il a bu le café. Il attend notre charrette et son commis. On se salue robustement. Je l'assure que j'ai bien dormi, en forçant sur l'optimisme de la voix. Un salut de brise-fer dans le ton de la voix cheval du matin. Tout est neuf, les poules, le cheval, les hirondelles, tout a la fraîcheur d'un premier matin de la création. Il est cinq heures et demie de la vieille heure.

Les charrettes descendent des rues hautes, les vendangeurs stationnent près des caves. On est peu de monde dans ce petit village de l'Hérault, mais tout remue. On se croirait un jour de foire ou de marché dans un bourg important. C'est le bruit des charrettes et des chiens de chasse qui les suivent. C'est un port avec une arrivée massive de grands bateaux. Il y a sur ce mouvement tellement d'hirondelles !

On se lève pour une grande journée. Il va se passer des choses. Les gens s'interpellent à pleines voix chaleureuses. L'air s'amuse à jouer du haut-parleur. Tout est en gros plan, les chevaux, leur force, leur contentement, leurs colliers à pompons rouges et le bruit des grelots. Les vieilles femmes sont montées avec peine dans les charrettes. Les plus jeunes rient en accrochant leurs jupons aux comportes. Les enfants se casent dans la tonnaille.

Notre char s'en va. La route descend du coteau. traverse la plaine, se perd derrière un mamelon, elle est poussiéreuse et sent la farine. Des charrettes s'engagent dans les chemins de terre.

Nous sommes seulement quatre sur la nôtre. Assis derrière, les jambes ballantes, je me laisse engourdir par le mouvement des cahots. Au pas du cheval le village s'éloigne, bouge sur son coteau en frontière des garrigues. Tout est vaste, le ciel aussi, un ciel dont les nuages touchent à l'automne.

Sur les charrettes qui viennent après, il y a de vieilles femmes au visage qu'on voit à peine sous les ailes de leur chapeau noir rabattu par le foulard. Il n'y a plus de bruit maintenant, elles sont calmes. Je me demande à quoi elles pensent. L'exubérance du matin est passée, il reste cette douceur de la lumière, un enchantement muet. Je vois leurs mains longues et tannées. Je vois les vieilles avec leur visage illuminé, et je me demande à quoi elles songent.

xx

Solitude

Le soir, le vélo à la main, en remontant la côte, à mesure que je m'éloignais des lumières du village, je me demandais plus que jamais pourquoi je m'obstinais à vivre.

Moins fatigué, j'aurais tenu plus gaiement contre la solitude. Déchiré et terreux, j'étais dans la peau de mes frusques, raclant de la godasse la route de goudron entre deux collines raides et broussailleuses. Dépaysé, je songeais au temps vague et lointain, à la combinaison de circonstances oubliées dont j'étais sorti pour devenir ce bonhomme de terrassier. Je ne savais plus bien comment la roue avait tourné pour que je sois là.

A mesure que j'avançais, c'était plus sauvage autour de la route vide. Du chaos. Un chaos sans grandeur, de la broussaille, des roches et de la forêt brûlée dans un pays où les pins en été flambent comme des allumettes.

J'avais six kilomètres à faire du village à la maison, et quand j'arrivais c'était le bout du monde. En mars, j'arrivais juste au crépuscule. La maison était sans lumière et les volets fermés comme je les avais laissés le matin. On a toujours un chien dans ces vies-là. Le mien fonçait sur moi avec des cris plaintifs. Sans congénères, sauf des chiens de passage, bien rarement, il n'avait pas la vie belle et le savait.

J'allumais la lampe à pétrole et dans la cheminée un grand feu avant d'éplucher des légumes pour la soupe du soir et le repas à emporter au chantier.

Après la soupe, ma tristesse s'en allait. Pas toujours. Oui, si je trouvais une lettre glissée sous la porte.

Assis devant le feu, à la fin d'une journée morte, j'hésitais entre le recours à la prière et le secours du vin, le litre de gros d'Algérie que je n'avais pas achevé. Un litre c'était assez pour me tourner la tête, mais avant de boire, j'aurais pu dire facilement en traçant un signe de croix : « Mon Dieu je suis poussière, il n'est pas nécessaire que la poussière se tourmente, la vie passera. » Par raison, je préférais boire.

J'achevais le vin. Lucide et titubant, j'avais dans les membres le bonheur de la flamme. Tout était plus beau, le feu, les objets, la lampe. Quand je poussais la porte, j'étais sûr que la terre tournait, à voir les étoiles dans un ciel dansant et bousculé briller avec l'éclat du premier jour de la création.

Si je ne vivais pas assez dans la journée, j'arrivais à vivre dans le sommeil. Le vin me repeuplait de rêves, de souvenirs très lointains, de présences.

Le matin, j'étais d'attaque.

Puis un jour le vin n'eut plus d'effet. Du matin au soir je demeurais dans un état de morne indifférence qui durait, ne voulait plus me quitter. Le désespoir m'avait pétrifié. Tout geste, tout mouvement me coûtait. Je n'avais plus d'âme à rien, ni à lacer le matin mes souliers, ni dans la journée à manier la pelle. Je me soufflais dessus pour avancer. C'était long, ça durait comme un panaris. J'attendais le moment où je sortirais de cette glace. Je n'y pouvais rien, sauf m'en aller vers une vie différente, cesser d'être seul.

J'avais voulu devenir terrassier autrefois pour devenir fort et courir le monde. Je l'étais devenu tout de bon et une fois pour toutes en tournant en rond. Mais le métier qui m'avait toujours donné la plénitude m'abrutissait maintenant autant que l'ennui d'usine. J'étais devant une étendue d'années monotone à parcourir avec le même fardeau. J'en avais fait des efforts, et de toute sorte, pour trouver la vie belle. Mais maintenant je devais m'avouer vaincu. La fatigue qui chaque soir m'avait écrasé, à la longue m'avait aussi enlevé la force de supporter la journée machinale qui commençait. J'étais triste du matin au soir, de cette tristesse des condamnés qui ont perdu tout espoir d'évasion sans être encore résignés à leur peine à perpétuité. J'étais trop triste, c'était anormal, et je me disais : « Bon Dieu, qu'est-ce que tu as ? » Un cafard à saveur violente et nouvelle, jamais éprouvé avant ni après. Ce n'était pas les nerfs mais l'âme, pas de catastrophe mais le sentiment d'être déchue à force de culbuter avec le corps et sa fatigue, d'être entortillée dans le quotidien et pas libre, pas spacieuse, pas aérienne du tout. Les nerfs aussi quand même, les effets de la fatigue varient selon les forces et la santé qu'on a. J'avais besoin d'une santé double, je voulais vivre après le travail, être un homme libre. Je n'avais pas réussi.

Il faisait un beau temps de fête solaire suivie, éclatante, insolente, dont j'étais coupé. Jamais je n'avais vécu désaccordé à la lumière. Fini la journée en venant du chantier, mon vélo contre un platane, je ne savais plus quitter la terrasse du café où je m'étais assis. Horreur de regagner ma niche là-haut. Les journées s'allongeaient, le soir tombait lentement. Le cercle de collines qui fermait l'horizon changeait de parure. A mon largeau, j'aurais dû coudre quelques pièces, raccommoder, réparer les accrocs et l'usure. Je voyais ça plus que le reste de l'image, de ce chromo de soir de printemps, avec ces collines bleues ou mauves comme fond, et au premier plan, à l'abri de la jetée, une vingtaine de canots blancs que la mer chahutait un peu. Avant, le pays m'arrivait, je n'étais pas séparé. Maintenant, la main qui m'avait pris à la gorge ne me lâchait plus, m'isolait de tout, sauf de l'angoisse. Le sang me gelait dans les veines, travaillé comme par un poison.

Je suis devenu mon médecin traitant. Après le chantier, je m'imposais le retour direct à la maison, sans passer par le bureau de poste, que j'avais eu tendance à considérer comme une boîte à miracles, dont j'attendais chaque soir de l'extraordinaire et qui, tous les huit jours seulement, me distribuait une lettre d'Anna. Plus j'étais fatigué, plus j'attendais de l'extraordinaire, une surprise, un événement imprévu.

Il m'apparaissait que l'ennui m'avait partout rejoint dans des conditions diverses d'existence, dans les usines et sur les chantiers, avec ou sans Anna, et que partout où j'irais, ce n'était pas la peine de fuir, il me suivrait dans l'activité au travail ou dans les loisirs forcés ; que l'ennui, l'état de sécheresse intérieure, encore plus que la faim, est le vrai mal des hommes ; qu'au travail, sauf dans les durs métiers du feu, la souffrance n'est pas la douleur musculaire, mais l'ennui ; que des milliers d'hommes, dans le travail moderne, robots de la série et de la chaîne, s'ennuyaient avec plus ou moins de patience. L'ennui partout, à moins d'être amoureux, philosophe, savant, artiste, homme d'action ou d'affaires, paysan passionné de sa terre et de ses sous. L'ennui partout, sauf là où les hommes s'animent d'intentions généreuses, ont un but commun. Je pensais à la Russie, à ce grand dégel paysan. L'homme retouchait à son argile et allongeait sa stature. Elle ne le gênerait pas pour marcher. Ces fils de paysans dévoraient tous les livres. Devant eux la vie s'ouvrait. On les retrouvait médecins, ingénieurs, explorateurs, chefs d'industrie. De la prison de classe, qui n'est peut-être pas la seule prison de l'homme, j'avais bien palpé les murs pour connaître l'absence d'issue.

Je rentrais tôt sans m'attarder, malgré l'horreur du vide. Je veillais le matin à laisser la maison nette et dans un ordre rassurant. L'abord en était plus facile si le carreau rouge était lavé et le moulin à café sans poussière. Je ne me heurtais plus à la torpeur de mon désordre à la maison. Pour m'enlever toute fatigue et me couler dans un corps matinal, il suffisait que je m'asperge avec un arrosoir et sa pomme d'eau chaude ou froide. La douche et cinq minutes de culture physique, et la journée s'effaçait de mes muscles. Je me déplaçais, les jambes heureuses et la tête claire.

Il ne m'en coûtait plus de préparer mon repas, de peler des pommes de terre. Au contraire, j'y trouvais une sorte de bonheur paisible, une satisfaction des mains. Quand on vit seul, on s'entend vivre souvent trop. Je prêtais une sorte d'attention concentrée à tous mes moindres gestes. Le silence s'agrandissait, mais je trouvais que la vie physique est loin d'être douloureuse tant que le corps n'est pas atteint de fatigue. On ne se sent vivre que dans l'activité, même humble. J'étais heureux de commander à mes mains, et de les trouver obéissantes à mon commandement.

J'avais vécu dégoûté et presque accablé par les choses, je trouvais maintenant amical le contact des objets, même celui de l'arrosoir que j'allais remplir au puits. Il n'y avait pas de douleur à me baisser pour le remplir, à le ramener. Je m'appliquais à agir avec soin, à être tout le temps là sans distraction et sans turbulence. Je commençais à croire, on me l'avait appris, qu'il n'existe qu'une sorte de liberté, celle de gouverner ses pensées, et que tout le reste est dépendance, et je m'efforçais de chasser des remous de tristesse.

Il me semblait qu'il y avait une autre vie que cette tension et ce mécontentement où je vivais souvent, en étant plus heureux aussi souvent que beaucoup d'hommes, et je cherchais à gagner ces régions paisibles des bonnes ménagères conquises par la poésie du ménage. J'étais tendre avec la lampe, je la nettoyais, j'essuyais son verre pour qu'elle soit bien elle-même. J'avais fait briller les cuivres. J'étais tendre avec mon visage, je me rasais tous les jours. La tasse, le bol, l'assiette, le couteau, étaient des objets amicaux. Je songeais au dénuement des hommes des premiers âges pour me prouver qu'avec un couteau j'étais riche, qu'avec une assiette et de bons souliers l'épreuve de la vie était infiniment plus facile qu'autrefois.

Je n'étais pas sensible à mes richesses, il fallait le devenir. Je croupissais sur mes trésors. Je ne sentais plus assez le plaisir de dormir sous de la bonne tuile, de craquer une allumette, d'avoir un bon feu et des vitres. J'avais trop pris pour du naturel le pain et le vin sur la table, la pomme de terre et le sel, l'huile à volonté. Je n'avais aucune peine à me convaincre que dans la création la place de l'homme est excellente et que jamais l'aventure humaine n'avait demandé si peu de courage. Je songeais à l'huile sans oublier la pensée, la conscience, les facultés, l'imagination. Je m'accusais de n'avoir pas senti assez vivement ces privilèges d'essence divine dont l'homme dispose un peu plus richement que les autres animaux.

J'ouvrais avec une délicatesse mesurée la porte du placard pour prendre la salière ; la main sensible aux perceptions successives du bois du placard, du fer de son verrou, du verre de la salière et de la pincée de sel qu'elle y puisait m'émerveillait. Je m'étonnais de trouver tant de connaissance dans la simple peau des doigts. J'essayais de vivre complètement réveillé, toujours conscient du moment, de la chose, du geste. Il n'y a que l'enfance qui vit dans la découverte. L'adulte vit endormi dans ses habitudes. C'est toujours beau d'apprendre la vie, et tout à coup j'apprenais à l'arbre vert du contact direct. Il n'y a que la vie où l'on s'émerveille qui vaut la peine d'être vécue.

Pendant qu'elle tenait sa pincée de sel en petits cristaux, je savais ma main semblable à celle de toutes les grand-mères de la terre quand elles font le geste d'ouvrir la marmite pour saler la soupe, le geste que j'avais vu faire à ma mère, et je dialoguais avec elle dans la rapidité du songe : « Je sale ma soupe, ma main est la tienne, tu n'es pas morte. »

Mais au-delà de ma mère, je savais tous les morts, toutes les présences qui m'avaient donné cette main pareille aux autres. L'homme vit avec ses mains. La mienne avait appartenu à des générations de serfs. Elle avait rempli souvent sa solitude sur le culot brûlant d'une pipe après sa journée, sur le manche d'une hache dans des forêts pleines de neige. La vie, c'est ce qu'on touche, les mêmes sensations amènent aussi les mêmes songes En me donnant leur main, les bûcherons, les vignerons, les manants m'avaient donné aussi ce qui était passé dans leur tête, qu'elle soit à crinière rousse ou blonde.

Je salais ma soupe. Le feu dans la cheminée éclairait la cuisine encore plus que la lampe à pétrole allumée aussi, mais de la lumière moins pâle et dansante des flammes. La songerie elle aussi m'illuminait de lueurs, mais sans que je cesse jamais de rester en communication ouverte avec les objets. Je veillais à ne pas tomber dans l'activité machinale. C'est de la présence à ces gestes ménagers que je tirais songes ou réflexions. J'agissais et je me regardais vivre avec une extrême attention. Je m'étais persuadé que la conscience, la tenue en bride de soi-même, est l'état vers lequel il faut tendre. Par une preuve, le bonheur que j'en tirais dans mes moindres gestes, je sentais le bonheur du mouvement.

Ma rêverie ne coulait pas comme un songe. Je voyais, j'assistais clairement, et l'imagination agissait plus encore sur ma sensibilité que le feu de ma cheminée sur mes prunelles.

C'était un matin que ça avait commencé. Un dimanche je m'étais levé très tôt avant le jour. Je voulais raccommoder mes pantalons. Il y avait trop longtemps que j'allais déchiré. Ça m'embêtait de coudre, tous les travaux féminins m'embêtaient. J'avais coupé plusieurs grandes pièces bleues et longtemps j'avais tenu l'aiguille. La lampe m'avait éclairé, puis le jour était venu. J'avais vécu un temps immense avant qu'il arrive. Il était là et mon ménage était déjà fait. Mais ce n'était plus un jour ordinaire, j'avais mieux vu son commencement. Pour toute la journée j'étais un homme du matin. J'avais vu les étoiles disparaître, je les savais cachées dans l'azur, le grand mouvement de la nuit me restait présent.

J'avais fait ce matin-là tout ce que je voulais faire la veille. C'est une forme de contentement, faire ce que l'on décide. Plus que d'habitude j'étais accordé à la lumière du jour, depuis la première lueur de l'aube jusqu'à celle de dix heures du matin, par les yeux et au fond des songeries j'avais été mêlé à la couleur du jour. Mais c'est de tenir l'aiguille qui m'avait le plus influencé. Le travail de l'aiguille, la lampe, le jour.

Pour me donner patience j'avais apprivoisé ma main avec des raisons : « Tu ne souffres pas, tu vis », et moi non plus, en train de coudre, je n'arrivais pas à me sentir malheureux. Je cousais à gros points en faisant de mon mieux. L'aiguille ne me demandait qu'un effort léger des doigts. Confondu avec cette occupation calme, je m'étais réveillé en train de vivre le temps comme le vivent les femmes dans leur monde intérieur quand elles sont seules et qu'elles cousent. J'avais songé à leur amour du beau, leur paix profonde et sans questions. Je songeais à celles qui fleurissent les églises, ornent leur maison, font de la dentelle, habillent au mieux leurs enfants, à leur délicatesse, leur culte de la beauté, bien qu'elles fassent des enfants avec leur ventre. Je m'étais posé cette question absurde : « Qu'est-ce qu'elle peut bien chercher, l'âme humaine, l'âme féminine », et je croyais presque au bon Dieu parce que depuis quatre heures du matin j'avais recousu mes pantalons.

La vie au chantier m'était devenue facile. Je buvais sec et je mangeais fortement, je lisais un peu le soir. Rien n'abrutit un homme qui ne veut pas être abruti. Je me levais tôt, pour faire mon ménage et lire un peu avant le chantier. Pour me lever tôt, d'un panneau de bois j'avais durci ma couche. La couche dure c'est de l'hygiène. L'inconfort me réveillait la nuit, la fenêtre ouverte sur les étoiles dans la maison silencieuse. Je ne criais plus « Anna », « maman », épouvanté par le vide au milieu d'un cauchemar. J'acceptais la vie, je voulais savoir, même plusieurs fois par nuit, que j'étais au monde.

Quand je partais au chantier, la journée déjà m'avait appartenu. Je voulais aimer la réalité, n'y pas couper. Il n'y a pas d'autre monde. Ma réalité, c'était le travail. J'acceptais. Travailler pour la société et non pas pour un parasite quelconque ça m'aurait plu. En attendant, je ne voulais pas faire du travail une pénitence, une malédiction. J'oublierais plutôt que je gagnais peu et combien la société est mal faite. Le gars pour lequel je travaillais, je préférais penser qu'il mourrait comme moi, que si les hommes n'ont pas la fraternité d'un but, l'humanisation de la société, ils en ont une autre, celle de la mort, que l'homme avec tous ses faux billets et ses actes notariés ne possède que sa peau et ses sensations fugitives, du vide. Et le travail, en fin de compte, dans une durée raisonnable, ne m'était pas désagréable. Celui qui avait dit : « Tu gagneras ton pain à la sueur de ton front », n'avait pas tout dit. On pouvait relever le défi et faire du travail une joie.

XXI

Chantier au printemps

Nous avions creusé des trous de deux mètres sur deux dans la propriété d'un gros industriel de Paris ou d'Auvergne, pour de gros orangers à transplanter en bac avec leur garniture de terre.

Pour les descendre du camion, la manœuvre était délicate. Les madriers pouvaient glisser et cinq cents kilos de terre écraser le ventre d'un homme. Avant d'arriver à terre, l'arbre était redressé pour éviter la cassure des branches, on le glissait sous d'autres madriers avec des rouleaux en dessous.

Je prenais ma part à l'ouvrage sans rechigner, sans tirer au flanc, sans être distrait, avec au contraire tout ce que je pouvais donner de présence d'esprit, de bonne volonté, d'attention. C'était peut-être en faisant ma soupe que j'avais appris que les mouvements sont plus heureux quand ils sont guidés par l'esprit, que l'attention s'en mêle. La plus grande fatigue, c'est d'être absent, sans intérêt à ce qu'on fait. Le travail pouvait être un jeu, une combinaison de difficultés à résoudre avec des gestes.

L'arbre amené près du trou creusé, on faisait

descendre de la terre, une butte d'où il glissait en douceur. J'avais manié une pince, fait passer les rouleaux, abandonnant l'un pour l'autre, mais toujours attentif à mes mouvements. Je trouvais dans la vie éveillée un plaisir toujours absent du travail machinal. Il y avait un monde où je n'étais ni Paul ni Pierre, mais seulement un homme avec des facultés devant une tâche, où je trouvais encore plus de plaisir que dans le sport ou le jeu.

L'arbre descendu dans son trou, à quatre hommes on le plaçait par pivotement au centre. La manœuvre était confuse. Chacun tirait à hue ou à dia en criant « A moi ! » Je m'étonnais que des gars qui en avaient l'habitude n'aient pas trouvé l'expression équivalente à « tribord » ou « bâbord » pour réunir leurs efforts dans le même sens. On s'en tirait quand même. Il me semblait que même dans le travail les hommes ne vivent pas complètement réveillés.

L'arbre était débaqué, le trou rebouché. Arrosé copieusement, il ne lui restait plus qu'à tenir bon contre le mistral et le vent d'est, dans une région moins favorable que les Alpes-Maritimes, d'où il venait.

Le printemps était venu, le printemps de la côte, très différent du printemps de chez nous qui fermente sous la neige, et sitôt la neige fondue répand les senteurs de la terre, éclate en fleurs et en verdures, rajeunit l'homme et son décor. Ici c'était le printemps mélangé à l'hiver depuis janvier, avec la floraison successive du mimosa et des amandiers, près des pins et des chênes-lièges toujours verts. C'est un signe, les journées étaient devenues plus longues et la vigne bourgeonnait. La petite équipe, trois Piémontais, un Espagnol, travaillait dos nu. On était bien, le dos à l'ombre, et encore mieux au soleil, les membres délivrés du vêtement, de l'azur plein les yeux dès qu'on levait la tête. En bas du coteau la mer s'étalait. Même en piochant, je me sentais léger, à peine existant.

L'ombre des branchages dessinait comme des tatouages sur les peaux nues. De temps en temps on se disait : « Il fait beau, hein ? » Ça contenait tout. J'étais heureux comme le sont les bêtes, le chien, l'oiseau, le crocodile quand la faim ne les tourmente pas et que toute cause de douleur est absente.

XXII

Les cerises

Je logeais au *Cheval Blanc*. Un cabanon dans les cerisiers c'est souvent mieux qu'un lit à l'hôtel. On ne quitte pas la saison, les odeurs de l'immense verger où, au mois de mai, pendant que déjà on cueille les cerises, les pommiers, les oliviers, la vigne sont en fleurs.

Les camions de la route Toulon-Nice, en passant dans la rue étroite, me secouaient à toute heure de la nuit dans mon lit de fer.

Un cabanon, c'est autrement mieux que la gargote. Le soir, le saisonnier fait bouillir, sur un feu de sarments, dans une petite marmite de terre, une poignée de fèves, de petits pois, de pommes de terre nouvelles, pendant qu'il lit le journal ou croque des radis.

A la gargote, les gendarmes tous les soirs viennent demander les papiers aux clients de passage venus d'un peu partout durant le temps des cerises.

Mon patron ne m'avait pas logé. Les saisonniers, c'est de la main-d'œuvre humble. Les émigrés italiens dominent. Mon patron, c'était un gros riche, un roitelet de village, le secrétaire du syndicat patronal.

Trois ans plus tôt, il avait étouffé la tentative des ouvriers agricoles du pays de s'unir en syndicat. Je ne le savais pas.

Au printemps, dans ce pays-là, les différences sociales ne sont pas obsédantes. Le soleil luit pour tout le monde. Un bleu, un tricot propre, rasé, une paire d'espadrilles en bon état, on se sent tout neuf et les mains fraîches.

Les fins de soirée sont douces sur la place du village avec ses grands arbres, sa fontaine. C'est plein d'hirondelles au-dessus des joueurs de boules. Les derniers rayons de soleil frappent sur la façade de l'église. C'est le mois de Marie. Des femmes sortent de la prière. La poussière sent la vigne en fleur et même les chiens semblent heureux de vivre à cette heure.

Après le repas, la nuit tombée, ce sont surtout les vieux qui viennent prendre le frais à la terrasse du café du Commerce. Des propriétaires qui ne touchent plus guère la bêche, la charrue, mais vivent en rentiers. Le soir, en chapeau de paille, en veston d'alpaga, ils boivent une tasse de tilleul en jouant aux cartes sans passion. La lune se lève. Ils vont se coucher.

C'était normal, mon patron m'avait demandé mes papiers d'identité pour y jeter un coup d'œil. J'avais répondu avec trop de bonne humeur :

— J'ai tout ce qu'il me faut, un livret militaire et même une carte syndicale !

La réponse manquait d'humilité. Les émigrés piémontais en ont trop. On les préfère. Le samedi, j'ai reçu mon compte. Se sentir trop bien d'équerre, ça joue des tours. Le lendemain je cueillais pour un autre.

Pourquoi vient-on à la récolte ? Ça paie peu aux cerises. Fidélité à la saison. C'est un rendez-vous avec d'anciens bonheurs. Une odeur de foin, la lumière de mai et des songeries. Je connaissais un vieux boulanger qui depuis vingt-cinq ans, toutes les années, lâchait le pétrin pour arriver là en fin avril. On revient changé, le cuir s'endurcit, on ne s'émeut plus, on communique moins avec la saison. Puis on est à nouveau touché de fraîcheur, atteint par la grâce. Une année, j'étais revenu pour une odeur de genêt ou pour avoir vu dans un chemin un paysan sous un grand parapluie bleu, un matin de petite pluie de mai.

On ne sait pas pourquoi on revient. Manger des cerises, se crever moins que sur un chantier ? Ça aussi. On vient compter ses années là pour que l'année compte, pour avoir vécu un printemps de plus, s'être senti sur terre au retour de mai. C'est une fête que le saisonnier se donne. Il recueille le printemps un bon mois.

On ne le sent nulle part si bien que perché sur un cerisier, pieds nus sur les branches et dos nu au vent, une épaule à l'ombre et l'autre au soleil, du vrai de Provence. Les grimpées donnent au cueilleur une souplesse de gymnaste. A terre, en cueillant les branches basses, il sent l'herbe sous ses pieds nus. L'hiver, dans de gros souliers, on a promené un cadavre, un homme blanc qui marche sans plaisir. Aux cerises, on redevient nègre, gitano, les reins heureux en marchant. Pas seulement les reins, chaque fibre, les muscles se jouent soie sur soie. Il y avait longtemps qu'on ne respirait plus ou qu'on respirait neutre comme en dormant. De nouveau on respire comme avec un nez de chien. On ne respire pas, on boit l'air par petits coups et grandes gorgées avec les narines. Les moments sont nombreux où l'on se sent vivant, réveillé au monde.

En cueillant, je forçais pour être toujours éveillé, jamais inconscient. La vie est un don. Je voulais être toujours à la fête. Je m'occupais à donner à mes mains le maximum d'habileté, ne faisant aucun geste sans que l'attention n'y participât. Quand elle fuyait, je la ressaisissais. J'accrochais mon panier commodément pour y lâcher avec aisance les poignées de cerises. J'observais sur les branches la disposition des bouquets et ce que les doigts font en s'en saisissant, découvrant ainsi le rôle du tact et de la vue. J'y gagnais, tout en jouant, d'être plus rapide que je n'aurais été dans un travail que je ne faisais pas tous les ans. Mais surtout, je trouvais, à m'émerveiller de l'intelligence de la main humaine, des motifs de rêverie qui trompaient la longueur des journées.

A midi, le soleil tapait dur. Dans un ruisseau j'allais me tremper, toucher le sable avec les pieds. Plus de mots, plus de phrases, pas de reflets. C'est le moment où le ciel et la terre ne font qu'un. La lumière n'éclaire plus, elle dévore. Les feuilles des figuiers éclatent, dorées, mangées de lumière. L'azur danse sur la terre rouge. Traversé de chaleur, on existe encore par la plante des pieds, le crissement de la terre sèche. Que c'est lointain, les papiers d'identité ! A peine est-on une personne.

Mon casse-croûte avalé, la tête à l'ombre, je dormais

d'un profond sommeil, sursautant au réveil, ne sachant pas si je venais de dormir une heure ou cinq minutes, si le travail était commencé. C'était un repos si profond qu'un jour je me réveillai avec trente ans de moins. Je ne savais plus où j'étais. J'avais rêvé à Maidières. Je me réveillai seul, effaré pendant quelques secondes par la claque blanche, éblouissante du soleil, d'un univers inconnu. Je regardai mon largeau, les godasses que j'allais remettre, aussi étonné que si, d'un grillon que j'aurais été, je me fusse réveillé en gros tromboniste. Trente ans à rattraper dans un fragment de seconde, pour savoir ce que je faisais là, si rapidement changé et loin des jupes de ma mère. D'habitude, si, en me réveillant, je ne savais pas exactement l'heure avant d'avoir vu l'ombre, je ne me retrouvais pas dépaysé. Même dans le sommeil profond, j'avais gardé le sentiment de mes obligations : il me réveillait en sursaut. J'étais prêt à être gêné si, ayant trop dormi, j'arrivais en retard. Le travail de l'après-midi s'enchaînait tout naturellement à celui du matin. C'était sans surprise au sortir d'un sommeil égal à celui des mottes de terre, qu'en ouvrant les yeux je me retrouvais dans une peau d'homme. Mais cette fois le sommeil m'avait trop ramené en arrière, aussi fortement que la vie présente je venais de revivre celle du passé. Je venais d'être chez nous, à Maidières. Dans l'instant où je me réveillais, je rapprenais des nouvelles oubliées. « Ils sont morts. » Je m'étonnais d'être là, de continuer sans eux le songe qui nous avait mêlés, de vivre.

Avant d'être entièrement réveillé, quand la pensée

dispose encore non des mots mais des visions, les moyens du rêve, j'avais vu avec une sorte de vertige le temps d'une vie s'inscrire dans la courte durée d'un cri. Ça me faisait drôle d'être encore dans du temps non accompli, d'être du vivant, d'avoir à compter le temps en heures, de me lever pour gagner un salaire horaire. Je me ramassai à terre en ajustant à mes godasses leurs lacets. Avec amusement je remuai une patte, puis l'autre. Ça me plaisait d'être dans l'étrange et de mettre au-dessus du soleil qui claque dur celui de la mort.

J'arrivai à temps, l'équipe n'était pas encore dans les échelles. Jamais les cerises ne me parurent aussi belles que cet après-midi sous ce soleil-là.

XXIII

Les pêches

Ce n'était pas la première fois que je venais travailler aux pêches à Fréjus. J'avais pris la route qui traverse les camps militaires en s'enfonçant dans les pinèdes rachitiques. Les Noirs qu'on rencontre ajoutent à l'illusion de la pleine lumière et de la chaleur. On peut se croire en Afrique.

Près d'un baraquement, un grand nègre tournait la manivelle d'un grilloir à café avec nonchalance, détachement, béatitude, en chantonnant. Pour répondre à mon salut, il avait levé la main jusqu'à sa chéchia, en la laissant retomber sans guère plus de poids qu'une plume. Un geste qui lui ressemblait, aussi léger que l'air et comme fondu à la chaleur. Plus loin, j'avais croisé une équipe de tirailleurs sénégalais en corvée de pierres, marchant sans déplacer l'air, aussi tranquilles en travaillant que des roseaux dans la brise.

Après l'Afrique, en quittant la route, c'étaient les vignes, la plantation de pêchers où autrefois j'avais travaillé à la récolte.

Par là, en juin, le ciel c'est de la soie, de la chaleur. Le sol scintille. Les pêchers, les vignes, sont plus lumière que verdure. On ne sait plus dans quel pays on est, quel âge a le monde et si les journaux existent. Sous les arbres, pendant la récolte, même aux heures les plus chaudes de la journée, quand le soleil claque en blanc sur les feuilles, là-dessous c'est paradis terrestre. Les cueilleurs dos nu, la peau des fruits, tout est couleur, même l'ombre. On est bien à marcher pieds nus malgré les mottes. C'est un jardin qui embellit les cueilleurs au dos cuivré. Au-dessus des arbres tout est blancheur, lumière saharienne, et en dessous oasis. Une plage de sable avec des baigneurs, des ombrelles, n'est pas si belle. Le vent est mieux sous les pêchers. Les feuilles bougent doucement, s'entrecroisent. L'ombre est plus belle d'être vivante ainsi. Le soleil ne reste pas en place. Il fait si chaud que le fruit semble mûrir à vue d'œil. Les cueilleurs, deux par rangée, avancent avec des paniers et une petite échelle pour atteindre aux plus hautes branches. On choisit le fruit à cueillir. Trop vert, il peut encore grossir. Ce n'est pas une question de taille seulement, mais aussi de saveur. Le fruit cueilli trop tôt n'est pas si bon. Celui qu'on cueille doit supporter le voyage jusqu'aux marchés de Londres et de Paris tout en montrant des signes de proche maturité. Sans y porter les doigts, on le distingue aisément, par habitude. Entre une pêche rouge et une autre pêche rouge, on cueille la bonne, la presque mûre. L'autre pourra rester encore huit jours sur l'arbre. La bonne, son rouge est moins vin bleu, son duvet n'est pas le même, plus mate de peau. Un coup d'œil suffit en explorant l'arbre. Avec la paume de la main, on s'en saisit délicatement, en tournant légèrement sans refermer les doigts. Le fruit se détache. C'est plus agréable à toucher qu'une pomme de terre ou un manche de hache. Pour la soif, meilleur que l'eau au coco dans les cruches de chantier.

Le fruit oublié qu'on aura laissé trop mûrir n'est pas perdu. Sa couleur, son contact se changent en saveur. Il y a mieux que ces « may flowers », que ces pêches de printemps des pays de primeurs. Cueilleur, à trop en manger, on devient ingrat, on dit : « C'est de l'eau », des plus belles pêches trop juteuses.

Le travail, la marche pendant plus de dix heures dans les mottes, tête levée à attraper le torticolis, seraient plus durs si les rafraîchissements en pêches bien mûres n'entretenaient la vigueur, la souplesse des mouvements. Les paniers pleins qu'on porte au bout des longues rangées sont pesants et il fait chaud.

Pendant la nuit, on a dormi dans les puces, sur la paille : c'est le confort des saisonniers. Le soir, on s'est fait bouffer par les moustiques, à midi par les mouches, tandis que les fourmis, au casse-croûte, envahissaient le pain, le fromage, la boîte de sardines à l'ombre du chêne-liège qu'on avait choisi.

Nous étions une vingtaine de cueilleurs dans cette plantation. Nous logions dans la même grange, quelques Arabes et les autres, des jeunes de la région. Le soir, ils allaient au camp nègre danser à la viole dans un boui-boui.

Au travail, un grand zèbre, le contremaître, nous surveillait tous, freinant les conversations, en étant là ou en se camouflant dans les vignes.

Le propriétaire avait vendu au poids sa récolte à un

expéditeur. A la ferme il pesait devant lui les paniers qui arrivaient de la plantation. De temps à autre il venait nous voir. On l'entendait chanter d'une voix mâle et forte un refrain de troupier avant d'apercevoir ses culottes courtes et son casque colonial. A la cantonade il criait :

— Alors ça va les gars ?

Il avait le bon genre des chefs de chantier du bâtiment. Sa cordialité n'était pas voulue, d'un patron qui veut faire du charme, mais spontanée. Il m'avait plu. Le propriétaire sympathique est rare.

Au début, notre nombre avait suffi pour faire le tour de la plantation en trois jours. Ensuite, cueillir pressait. Nous faisions dix heures. Le contremaître s'amenait, et sans nous demander notre avis, sans nous offrir les compensations en usage pour le travail supplémentaire, nous disait :

— Ce soir vous faites deux heures de plus.

Ça ne plaisait à personne. En dix ans, tout avait doublé de prix, les pêches y compris : le salaire était resté le même. Ça n'attirait plus personne, sauf des chômeurs sur le carreau. Je commençais à en avoir assez des travaux saisonniers. Les journées de travail ne sont pas suivies. Je gagnais moins en dormant sur la paille qu'un ouvrier agricole à la journée qui s'emploie sur place. Il y avait quelques heures le soir que je n'avais pas envie de me vendre sans nécessité et à prix bas, sans égards. Nous ne sommes pas des chevaux. Je n'aimais pas ce « Vous restez » qui ne doutait pas de notre consentement. Ça ne nous laissait plus le temps de nous laver, d'aller jusqu'à un ruisseau de bonne eau tiède quitter la sueur et la fatigue. Après le travail, les heures de repos ont trop de prix pour être vendues.

C'est mon copain qui le premier s'est fâché. Le contremaître lui a crié :

— Partez, si ça ne vous plaît pas !

Il s'en allait en abandonnant ses paniers. Je l'ai rattrapé.

— Pas de ça, tous ensemble !

Je me suis tourné vers l'équipe pour décider les gars à venir avec nous voir le patron. Sans succès. C'étaient des gars sans tradition ouvrière. Le patron à sa bascule, déjà avisé de l'incident, nous a pris de haut en nous tutoyant :

— Alors c'est vous les meneurs communistes qui venez faire les zigotos sur mon chantier ? C'est toi, hein, le grand, qui fais du barouf ?

Mon copain l'a tutoyé à son tour :

— Il n'y a ni barouf ni zigoto. Sois poli. Si tu nous fais faire des heures supplémentaires, tu payes en conséquence. Nous sommes comme toi, nous ne travaillons pas pour le roi de Prusse.

Lui, confus, ne s'est pas senti le bon bout. Il perdait la face devant les femmes, le personnel de son expéditeur. Le lendemain, nous étions embauchés aileurs.

XXIV

La lavande, la faulx

D'ordinaire, à la lavande, les coupeurs travaillent à la tâche. C'est une raison de s'appliquer à se rendre habile au jeu de ses mains, à manier avec légèreté la faucille autant qu'à saisir les poignées d'épis coupés. Aussi, même quand on se tire très bien de ce travail, qu'on a le style d'un bon coupeur, on s'aperçoit que l'attention ne cesse pas de s'y donner, que la perfection est un infini dont on est toujours éloigné. On tire sans cesse de ses gestes des sortes d'épreuves que l'attention s'applique à corriger pour les rendre plus parfaits, plus souples, plus efficaces. Les mains, les jambes deviennent instrument au service de l'attention, mais qu'on pourrait aussi appeler l'intelligence ouvrière. Si l'on se sent vivre, si l'on s'observe en travaillant, on s'aperçoit qu'elle habite chaque mouvement, qu'elle est présence constante, que c'est elle qui tient vraiment compagnie au lavandeur qui coupe les épis. Sans elle tout serait fastidieux, et longues les heures au soleil, dans la sueur, dans la rocaille à flanc de montagne.

Ce n'est pas beau un coupeur de lavande. Ça sue, c'est mal rasé, ça porte sur le dos, pendant que ça avance presque à quatre pattes, un ballot qui le fait ressembler à un escargot, et ça avance avec deux pattes arrière et deux pattes avant, dont une avec sa faucille de sauterelle tond toutes les fleurs en avant. Tout type courbé, chargé, c'est un insecte.

Une grande force dans ce métier de saison c'est de ne pas craindre le soleil d'août, et encore moins le mal de reins. Alors ça va, dès que les mains sont assez habiles à l'ouvrage, et qu'on a l'endurance nécessaire. C'est rare qu'on ne se blesse pas avec la faucille. Tous les coupeurs portent aux doigts des pansements, mais les blessures se cicatrisent vite, ne s'enveniment jamais, c'est rare aussi qu'un coupeur prenne une feuille d'assurance, quitte le chantier pour un bobo plus ou moins profond.

En général les plus forts coupeurs, ceux qui se font la meilleure paye, atteignent le plus haut rendement, sont les Piémontais. Tout jeunes, ils ont coupé de l'herbe à lapins, et même moissonné dans leur pays, à la faucille. Il y a aussi quelques Espagnols qui font merveille avec leur nervosité d'hommes du Sud.

C'est un travail assez dur mais où l'on se sent libre et joyeux même en donnant toutes ses forces. On travaille à la tâche, c'est le rendement qui compte, sans patron, ni contremaître sur le dos. On reprend souffle quand on en a envie. On relève la tête quand on veut sans avoir à faire mine de se cracher dans les mains, de racler sa pelle, d'ajuster sa ceinture comme fait le terrassier qui se voit observé par un tâcheron. Et puis on est dans la vraie nature. On se lève avec les étoiles du matin, on voit celles du soir si l'on travaille jusqu'à la nuit. Dans la journée on a fait la sieste nécessaire. C'est la vie à la campagne, à la montagne, sans être ni paysan ni domestique de ferme.

Sur ces montagnes des Basses-Alpes, du Vaucluse, les nuits, les étoiles sont plus belles que partout ailleurs, la cigarette du soir plus douce auprès du feu sous la marmite. On se sent haut. L'odeur de lavande toujours on la respire, elle se mêle à celle de la paille, du blé en gerbes et des troupeaux. On dirait que l'odeur de la terre monte jusqu'aux étoiles. Quand on arrive aux hautes terres dans un village reculé, dans un hameau, dans une ferme au-delà des hameaux loin de tout, à la nuit, on se dit à mesure qu'on grimpe : « Si je reste par là un mois, quand je descendrai je ne serai plus le même. » On gagne à chaque mètre un peu plus de sérénité. On devient pareil à ce qu'il y a d'immense, de reposant autour de soi. Si l'on est seul on a envie de chanter doucement, comme les insectes font, d'être de l'amour, d'être de l'été.

Dans une ferme où j'étais nourri (c'est exceptionnel; en général pour la nourriture on s'arrange soi-même), le plus beau moment pour moi c'était le casse-croûte du matin. Déjeuner avec l'équipe à l'ombre d'un des rares arbres du plateau. Dans ce pays sec, aride, les nourritures avaient quelque chose de merveilleux sous leurs formes les plus simples. La tomate, l'œuf dur, la tranche de jambon, l'oignon, le verre de vin sont choses ordinaires dans les plaines grasses. C'est tout naturel de les avoir devant soi. Mais là-haut, devant cette rocaille où seuls poussent bien le seigle et la lavande, devant cette sécheresse du mois d'août, j'aurais voulu embrasser l'ancêtre inconnu qui avait domestiqué la poule, tenté d'élever des cochons, le premier jardinier qui avait cultivé la tomate. La nourriture m'apparaissait comme une conquête, un gain de l'espèce. L'arbre était beau, un haut fayard, son ombre bonne, et la saveur des aliments s'imprégnait de cet arbre droit dans le soleil et de l'étendue immense que j'avais sous les yeux. C'était mon bonheur. C'était aussi celui de l'équipe et notre privilège d'avoir un appétit aussi vigoureux que reconnaissant. Le moment où nous mangions c'était entre nous le seul vrai moment d'amitié. Dans le travail nous étions des concurrents plus ou moins âpres, plus ou moins honnêtes. De la douzaine d'escargots que nous étions éparpillés à flanc de montagne, c'était à qui mordrait dans la tâche de l'autre, sans avoir l'air de rien lui couperait sous le nez les plus belles touffes de lavande, pour faire plus vite du poids en lui laissant « la maigre ». En travaillant on se regardait du coin de l'œil, on surveillait l'avance des voisins pour n'être pas trop refait, pour ne pas couper seulement la plus petite et la plus vilaine. Il arrive quelquefois qu'il y ait un peu plus d'honnêteté dans une équipe et que les voisins qui vous flanquent se tiennent à leur place. Quand on travaille dans la lavande cultivée, plantée en lignes, on avance droit sans concurrent, mais en colline dans « la sauvage » c'est à qui foncera le plus vite sur la plus belle. Aussi on arrive à préférer le travail à deux ou à trois, peut-être aussi actif mais plus paisible. On reste davantage occupé au jeu de ses mains.

Quand je me relevais pour vider sur un tas dans une

grande toile le ballot qui pesait sur mon dos ou pour affûter ma faucille avec la pierre, je voyais la belle ligne du mont Ventoux avec son sommet un peu en dessous des nuages. J'avais un copain qui trouvait que la terre avait l'air de fumer sa pipe là-bas. Quand nous faisions cinq minutes la pause sur le tas, c'était toujours vers le mont Ventoux que nous regardions. Le regard ayant parcouru tout le pays blanc et bleu de calcaire et de lavande, étrangement immobile, sans aucun chant d'oiseau, se fixait là-bas sur la montagne et ses pipées de nuages tranquilles, et pour ne pas ressembler à la pierre, aux amandiers tordus et penchés dans le même sens par les vents forts, on se remettait en mouvement. Ce pays nous restituait le bonheur de nous sentir des hommes, des êtres de mouvement.

C'était toujours à mes mains que je revenais. Je ne m'étais pas coupé une seule fois. Pourtant les épis étaient courts. Il n'avait pas assez plu au printemps. J'avais une bonne faucille dont je rebattais le fer sur une petite enclume, le matin, à midi. Elle coupait bien autant qu'un rasoir. Sans effort, je la tirais la pointe en bas, tandis que la main gauche en sens inverse rebroussait les épis. Les poignées successives s'ajoutaient les unes aux autres. Les deux mains se croisaient sans arrêt, jusqu'au moment où la main gauche trop embarrassée fourrait dans le ballot l'énorme poignée d'épis qu'elle ne pouvait plus retenir.

Le père Léorat, un vieux copain qui savait tout faire, au besoin extraire une balle de la cuisse d'un homme ou le guérir d'une grave insolation, planter un arbre, le tailler, bâtir une maisonnette comme fabriquer un banc de square, tordre l'osier pour un panier, avait essayé de m'apprendre à faucher, à rebattre une faulx. Pour dire encore quelque chose de lui, il avait été colon au Chili, c'était un vieux à cervelle bien aérée, jeune du cœur à plus de soixante-quinze ans et encore capable de défoncer un bout de jardin au bêchard en usant avec science de ses dernières forces. Pas d'orgueil. Tout ce qu'il savait faire lui semblait simple à enseigner. Sa phrase c'était : « Je vais te montrer. » C'est une attitude très rare. D'ordinaire, dans n'importe quel métier, les hommes se sentent séparés de ceux qui ne le savent pas de toute la longueur d'une expérience. On dirait qu'ils n'ont pas appris et qu'après eux il n'y aura plus de peintres en bâtiment, ni de rempailleurs de chaises, qu'ils ont reçu leur métier comme un don. Pour le père Léorat tout était simple et communicable. Si j'avais voulu ce jour-là, il m'aurait appris à greffer.

Mais quand, des années après, j'avais saisi une faulx, c'était un « clou » mal assemblé, une vieille lame gondolée, fendue que j'avais trouvée dans ma remise. Quand j'avais voulu faucher un pré avec cet instrument, ç'avait été bien difficile malgré la bonne leçon du père Léorat.

J'essayais de la rebattre aussi bien qu'autrefois ma faucille à la lavande, comme il m'avait montré. Dans le pré la lame raclait sans couper, et de même quand j'avais passé la pierre.

Je l'avais mal montée sur son manche de fortune, avec un angle trop ouvert. Par à-coups, dans une herbe plus tendre, elle coupait assez. Je me demandais si je ne serrais pas trop le manche, si je ne me courbais pas trop. J'essayais d'imaginer la faulx comme une grande faucille à bras. Je ne savais pas si le défaut de coupe venait de moi ou de l'outil. Je l'aiguisais, j'allais la rebattre. En deux heures je n'avais pas fauché dix mètres carrés. Je passais la pierre. La lame broutait. Mais ma main s'était mise en confiance, je passais la pierre plus énergiquement, j'avais le contact avec le fil.

Mon outil coupait, il était au point, la faulx travaillait sans résistance, j'ouvrais dans le pré une large bande en me laissant entraîner par la faulx presque sans poids, éveillé autant qu'un chasseur à l'affût, la sensibilité reliée à la faulx comme si des nerfs avaient passé de la lame à mes mains.

XXV

Retour à l'usine

Je ne croyais pas, quand j'avais lâché la mécanique une dizaine d'années plus tôt, que j'y reviendrais jamais. J'avais gardé le beau pied à coulisse, un « Roch », que j'avais acheté apprenti, des équerres faites avec patience, un petit marteau d'outilleur, un pointeau, mais pas mes certificats. Je ne savais pas que j'aurais encore besoin du métier que j'avais appris avec bonne volonté, mais par hasard, en me débrouillant pour cesser d'être manœuvre quand j'avais quinze ans.

Je venais de faire le point. A nouveau je voulais cesser d'être manœuvre, saisonnier, ouvrier agricole ou terrassier. Pour mieux gagner ma vie, d'abord. J'allais avoir des charges nouvelles, je ne serais plus aussi libre. J'avais fait le tour des possibilités de gagner mon pain hors de mon métier. J'étais un homme fait, je n'avais plus besoin de me durcir dans les tâches pénibles de plein air. Les tâches de mon métier, si je redevenais outilleur, me proposaient un meilleur emploi de mes facultés, plus heureux, plus absorbant. Je voulais des difficultés.

Je n'avais plus de certificats pour m'embaucher de retour à Paris. Mes mains me donnaient confiance. Confiance exagérée : le métier exige non seulement la connaissance mais l'habitude. Je ferais le vide. Je serais entièrement à mon ouvrage. Une lime imaginaire pesait dans mes doigts. On me ferait faire un essai. J'avais confiance. J'ignorais la barrière des certificats.

Les certificats, c'est la France libre. En Amérique, dit-on, on n'en demande pas. Ford embauche l'homme qui sort de Tsin-Tsin sans lui demander des comptes de son temps. Chez nous, on veut des hommes-plantes. Les questionnaires des bureaux d'embauche de l'industrie ou du commerce sont plutôt des interrogatoires de police. On ne voit l'homme que comme un outil qui doit rester spécialisé de sa naissance à son usure.

A cinquante ans, un ouvrier sait que son âge ne lui permet plus de changer de patron. L'industrie ne veut que des jeunes, dont la jeunesse ne veut voir du monde que les machines. Il faut prouver que l'on n'est ni trop curieux, ni trop mouvant. La discipline des bureaux d'embauche se renforce. Méfiance non pas d'embaucher le professionnel insuffisant, mais un communiste, un meneur. Tout est là. Bien prendre garde qu'un ancien délégué d'usine renvoyé, boycotté pour six mois, un an, ne s'embauche avec de faux certificats, une autre identité.

Il y aurait pourtant profit à une grande marge de liberté. Jadis, dans toutes les professions, ceux qui se nommaient des compagnons avaient fait leur tour de France, sinon parcouru l'Europe. Si un homme perd à pratiquer d'autres travaux que ceux de son métier, il y gagne en connaissances générales, en souplesse. Les crises ne le prennent pas au dépourvu, il est capable de se retourner vers des activités qu'il connaît sans encombrer les bureaux de chômage. Voir du pays, c'est une façon comme une autre de faire ses humanités.

Ce n'est pas le point de vue des chefs de personnel. Même les manœuvres ne sont pas libres de passer du bâtiment à l'industrie. Quand le bâtiment chôme, dans les usines on les refuse s'ils ne sont pas assez ingénieux pour présenter de faux certificats, ce qui devient de plus en plus difficile.

Je me voyais obligé d'user de ruse. Mes ressources s'épuisaient, ma logeuse devenait pressante. Les chefs de personnel sont des fonctionnaires. Les directeurs sont occupés et ne peuvent pas être dérangés pour prendre une décision en faveur d'un ouvrier sans certificats.

Même quand le contact était sympathique, je ne parvenais pas à obtenir de passer l'épreuve d'un essai. Restait la ruse. Ayant réussi une opération de camouflage, je me présentai chez Citroën.

Après la longue attente en file devant un portail, j'étais passé devant le préposé à l'embauche assis en face d'une petite table dans son corps de garde, sa morgue, sa prison, son cimetière, son antichambre de la Gestapo. J'allais être pendu, interrogé seulement par un solide employé, grisonnant et rassis, plus froid qu'un meuble, ancien inspecteur de police à la retraite qui continuait là visiblement sa profession. Il m'avait parlé sans lever la tête. Après, il la levait en me sondant du regard à chaque nouvelle question. Je me sentais coupable. Coupable de n'avoir pas un radiateur, une magnéto au cœur, de ne pas ronfler à l'essence, mais d'être vivant avec du sang de chevreau et d'étourneau sous la peau, d'avoir aimé la pelle, le soleil et la mousse.

Mon certificat le plus ancien, un vieil en-tête raccordé avec du papier neuf par une bande gommée — du vrai travail d'antiquaire, l'effet de l'âge obtenu en le frottant pieds nus sur le parquet ciré de l'hôtel —, lui parut normal, mais sans valeur venant d'une maison de province. L'autre, le récent, il l'examina par transparence ; une rature légère lui parut suspecte. Echec. Il fallait faire légaliser les papiers.

Epreuve pesante lorsqu'on en est à remplacer ses repas de midi par un croissant au café crème. J'eus plus de chance quelques jours plus tard dans une usine d'aviation.

Il y a une angoisse ouvrière propre à la recherche du travail, la même que celle des chemineaux à la recherche d'un abri quand le soir tombe, ou des paysans quand la sécheresse, un printemps, se prolonge. Même avec ses papiers en règle, aucun ouvrier n'y coupe. Le cœur se dégonfle avec le porte-monnaie qui se vide. Ouvrier ou paysan, l'homme n'est guère différent devant l'angoisse de la nourriture. L'argent, c'est de la force, mais qui donc chez nous peut faire des économies ? Que ceux qui ne me croient pas essaient de vivre quelques années notre condition.

L'immense banlieue parisienne, dans des quartiers

où l'on met le pied pour la première fois, est déprimante. On sort un plan pour s'y diriger, les rives de la Seine bordées d'usines crachent du cirage. L'air sent mauvais, empuanti par les hautes cheminées. On se sent le cœur misérable dans la laideur industrielle.

Angoisse du besoin. L'ouvrier qui va vers l'embauche — courses souvent vaines — réalise que rien ne lui appartient. Il n'a que ses vêtements. Le toit, la nourriture, tout peut se dérober. Il s'étonne même de tenir à la vie, quand il faut pour la maintenir racler un portail et des murs d'usine. Il sent toute sa faiblesse et la précarité de sa condition ordinaire. C'est pesant, et c'est presque une révélation. De temps en temps, d'un sourire forcé, d'un tic de la paupière, il chasse le cafard qui le gagne comme on chasse les mouches.

Un paysan, même dans une année mauvaise, peut se sentir fort devant son champ. Son champ, sa maison lui appartiennent. S'il est fermier, il a un bail, des moyens de produire lui restent assurés. L'argent peut lui manquer, mais non ce qu'il faut pour vivre.

L'ouvrier, lui, est dans le drame dès qu'il cherche de l'ouvrage. Il est vite au bout de ses économies si la recherche se prolonge un peu.

Il ne redevient fort qu'en travaillant, rassuré que quand il a repris contact avec les hommes qui vivent comme lui en louant leurs bras, quand de nouveau, après la solitude, il est admis à gagner sa vie en retrouvant des camarades, devenu libre dans la prison dont il longeait les murs.

Avant l'embauche, mes certificats ayant paru normaux, je devais faire un essai. Je m'aperçus vite que j'avais perdu en habileté.

Un gars de mon âge vint me voir à l'étau. Il aurait pu m'ignorer, rester plongé dans son travail : il se dérangeait pour s'assurer que j'avais tout l'outillage nécessaire. Il m'apporta quelques limes et une ampoule électrique. Il revint pendant mon essai voir si mon ajustage s'annonçait bien.

Rien que cela d'abord. Je voyais que depuis 1936 la vie à l'intérieur des usines avait changé. C'était comme si tous ceux de l'usine m'accueillaient en me disant : « Tu es des nôtres. »

J'étais de nouveau dans le monde du métal, beaucoup de fumée, peu d'air, avec cette impression pénible aux gens habitués à vivre au grand air. Les poumons souffrent, le regard cherche du ciel et bute aux carreaux bleus des toitures en lames de scie. Mais dès qu'on a touché la main d'un copain, qu'un inconnu se manifeste comme homme, on se dit : « Je peux être là comme eux, comme lui, comme tous ceux qui sont à l'étau ou aux machines. »

Dans le monde de l'usine, ce qui reste de la nature, c'est l'homme, c'est le compagnon, le reflet, le semblable. Tout seul on y crèverait. Plus d'arbres, plus de plantes, plus de chiens, un monde entièrement artificiel que l'effort humain a fabriqué. Rien que des matières dures, denses. La pâte des mains est bien fragile à côté. Dans le monde froid du métal, on se rassure à rencontrer un camarade

Le hall sonnait d'un bruit de bouteilles qu'on casse en nombre et partout, avec des répétitions aiguës, sonores, rythmées. A midi, quand tout s'arrêtait, les oreilles s'en vidaient avec bien-être. C'était un bruit supportable.

J'avais mis douze heures à mon essai, dépassé le délai accordé. J'emballais mon outillage avec inquiétude, humilié de n'avoir pu mieux faire. Le délégué d'usine était venu me rassurer : l'usine manquait de main-d'œuvre professionnelle, on pouvait m'occuper à un échelon plus simple de la production. Il interviendrait. Une usine où les ouvriers sont organisés, se sentent solidaires, on y respire mieux. Sans notre délégué, en d'autres temps je serais retourné à la rue. J'entrai à l'équipe des bielles et des coussinets, comme ajusteur de fabrication. Nous étions une cinquantaine dans un angle du hall, distribués sur plusieurs rangées d'établis.

L'industrie exige beaucoup. L'œil n'est pas fait pour contrôler à un centième de millimètre la précision du travail des mains. Un charpentier voit bien s'il s'écarte, en sciant, du trait au crayon bleu sur un chevron, comme un maçon constate facilement si le mur qu'il élève monte à la verticale. Dans notre travail sur les bielles, le tact jouait surtout.

Les bielles nous arrivaient usinées par les machines. Pour obtenir un emboîtage parfait de la bielle à son chapeau, un grattage à la lime bien distribué devait suffire. Mais la forme du travail ne permettait pas d'user d'un instrument de mesure. La main travaillait à l'aveuglette, les yeux auraient dû, pour la guider, avoir la puissance d'un microscope.

Aucune pièce n'était exactement semblable à l'autre

malgré la précision des machines. On se guidait en essayant la bielle à son chapeau, en jugeant ainsi du degré de forçure à l'emboîtage, avec une sorte de douceur d'aveugle, en tendant aussi la pièce à bout de bras pour essayer de s'assurer que l'emboîtage restait opaque à la lumière, qu'entre les joints la lumière ne filtrait pas comme entre deux volets. Clignant un œil pour mieux voir, avec l'autre écarquillé, cinquante compagnons faisaient la même grimace en face de leur lampe et l'œil blessé par sa lumière.

La tâche exigeait la fraîcheur des forces, une sorte de disponibilité nerveuse pour l'effort qu'elle demandait au tact ou à la vue. Pour le modeler, il ne fallait faire qu'un avec le métal, se marier, n'être qu'avec lui, être en relation constante avec le grignotage de la petite râpe, l'enregistrer, le mesurer à l'intérieur. On dirait que la précision, la mécanique n'admettent pas chez l'homme une vie seconde, mais veulent de lui une identification parfaite avec sa tâche. A force d'attention, je ne sentais plus ma pesanteur, tout en ayant mal dans le dos d'être courbé, besoin de m'étirer et de respirer profondément. Avec la sensation d'être aussi vide qu'un tambour, je me réjouissais, dans ma tâche toujours difficile, d'être un homme, une combinaison de forces, de facultés aux prises avec le noir de la matière.

Quand les bielles arrivaient, avec leurs bavures coupantes, dégoulinantes d'huile, il fallait quelques bons coups de lime sur les arêtes, un essuyage pour les rendre approchables sans répugnance et sans blessures. Après notre travail, quand elles revenaient du polissage, c'étaient de beaux objets. Nickel et cuivre brillaient, d'un contact agréable comme celui d'un briquet.

Le travail sur les coussinets était plus heureux. Chaque coussinet arrivait en deux coquilles. C'était de la précision claire, mesurable, contrôlable. Un petit appareil de vérification nous guidait.

Pour faire vite et bien, nous nous battions avec le temps comme des coureurs qui veulent gratter quelques secondes sur un record. On nous donnait très peu de temps pour chaque pièce. C'était nécessaire de faire vite, c'était aussi un jeu. Sur une petite table de fonte, le marbre portait un petit appareil de mesure, le comparateur. On y revenait rapidement chaque fois que la lime avait détaché quelques centièmes. On serrait de nouveau à l'étau, sans effort, avec prestesse, pour quelques coups de lime prudents en approchant de la mesure définitive. Allées et venues de l'étau au comparateur, précision et souplesse de chaque geste. On vérifiait avec doigté. Le travail de finition s'achevait sur une toile émeri tendue sur un marbre, l'attention dirigée sur le jeu des doigts pour équilibrer exactement le frottement de la pièce. C'était un travail bien cadencé, bien en contact avec l'intelligence. Je l'aurais préféré au plaisir de n'importe quel jeu. Ce qui n'empêchait pas que la journée finie, l'excitation tombée, j'étais plus fatigué que d'habitude.

Au coup de sirène de deux heures et demie, l'équipe d'ajusteurs, comme une volée de moineaux, quittait les établis. Tout le monde avait hâte d'échapper au bruit, de revoir la rue. La relève occupait déjà nos étaux. Les ouvriers parisiens ont souvent plus d'une heure de transport pour aller de chez eux à leur travail. J'étais levé avant cinq heures pour prendre le premier métro du matin. Je cheminais par des rues silencieuses. L'eau chantonnait dans les conduites comme des sources qui voudraient jaillir. C'était un grand murmure tranquille, il faisait bon marcher. J'attendais l'ouverture des grilles de la station. En me délivrant mon billet, l'employé me rendait la monnaie avec un sourire qui valait un bonjour entre gens du matin, à l'heure où ils ne sont pas encore nombreux.

Une demi-heure de parcours, à nouveau un train qui filait entre des voies de garage, des rangées de maisons, traversait la Seine, un cimetière, un paysage d'usines et des quartiers neufs. Quelques minutes à marcher à l'air libre avant d'être enfermé. Et parfois un miracle, un coup de vent, une odeur venue de loin, un chant d'oiseau, du temps ancien m'arrivait, du temps de plein air.

Quand je sortais de l'usine à deux heures et demie, après huit heures de rang, trois quarts d'heure après je débarquais dans l'animation de la gare Saint-Lazare, fatigué tout autant que si je venais de passer la nuit dans un train de Marseille à Paris. Je m'endormais dans l'autobus qui me ramenait de la rive droite à la rive gauche.

Huit heures d'usine suffisent pour absorber l'énergie d'un homme. Ce qu'il donne au travail c'est sa vie, la fraîcheur de ses forces, ce n'est pas seulement son temps. Même s'il n'a pas été malheureux en travaillant, s'il n'a pas pâti d'ennui ou d'un excès de peine, il sort usé, infirme, incomplet, l'imagination tarie. Le cinéma seul peut encore lui donner l'animation que la vie intérieure lui refuse sur sa fatigue. Je n'étais plus l'heureux animal que j'avais pu être dans le Midi, au plein air.

Je gagnais mieux ma vie à Paris qu'ailleurs. Gagner sa vie, c'est important. La semaine de quarante heures, obtenue grâce à l'union syndicale, avait rendu la condition ouvrière plus supportable. Malgré les menaces de guerre, l'alerte des mobilisations répétées, Paris, depuis 1936, faisait plus d'enfants. Les ouvriers avaient confiance dans l'avenir. Le monde ne serait pas toujours absurde. La jeunesse des usines, plus belle qu'autrefois, plus intelligente, plus vivante, se délivrait de la déchéance physique du travail claustré, dans les jeux de plein air, le camping, grâce aux quarante heures. Malgré la fatigue des fins de journée, l'usine me semblait appartenir déjà à un monde neuf, à un monde plus gai. L'usine un jour serait à nous. Nous ne travaillerions plus pour la guerre. Je me sentais lié aux hommes qui m'entouraient par une communauté d'espoirs. Ils étaient sortis de leur indifférence, de leur passivité. Comme jamais, je me sentais enfin avec des semblables, des ouvriers devenus conscients. Il y a une tristesse ouvrière dont on ne guérit que par la participation politique. Moralement, j'étais d'accord avec ma classe.

Préface	7
I. *Maidières*	15
II. *L'école*	33
III. *Lyon*	39
IV. *Ateliers*	51
V. *Exode*	55
VI. *L'usine*	63
VII. *Vacheron*	71
VIII. *Adrien*	83
IX. *En première*	95
X. *Citroën*	99
XI. *En faisant les foins*	109
XII. *Chantier en montagne*	119
XIII. *Le sel*	143
XIV. *Canard Moué*	153
XV. *Jardins de Nice*	163
XVI. *Peinture en bâtiment*	173
XVII. *Les terrassiers*	181
XVIII. *Sur le chantier des Invalides*	191
XIX. *Matin de vendanges*	195
XX. *Solitude*	201

XXI.	*Chantier au printemps*	213
XXII.	*Les cerises*	217
XXIII.	*Les pêches*	223
XXIV.	*La lavande, la faulx*	229
XXV.	*Retour à l'usine*	237

DU MÊME AUTEUR

Aux Éditions Gallimard

PARCOURS
CHACUN SON ROYAUME
SABLE ET LIMON
PASSAGES